Kadokawa Fantastic Novels

CHARACTER NAME
露露

只要待在教室裡，
就莫名其妙地會痛……

CHARACTER NAME
娜娜

期待大家追蹤喔♥

唉，
明明不想回來的啊。

CHARACTER NAME
艾莉姆

CONTENTS

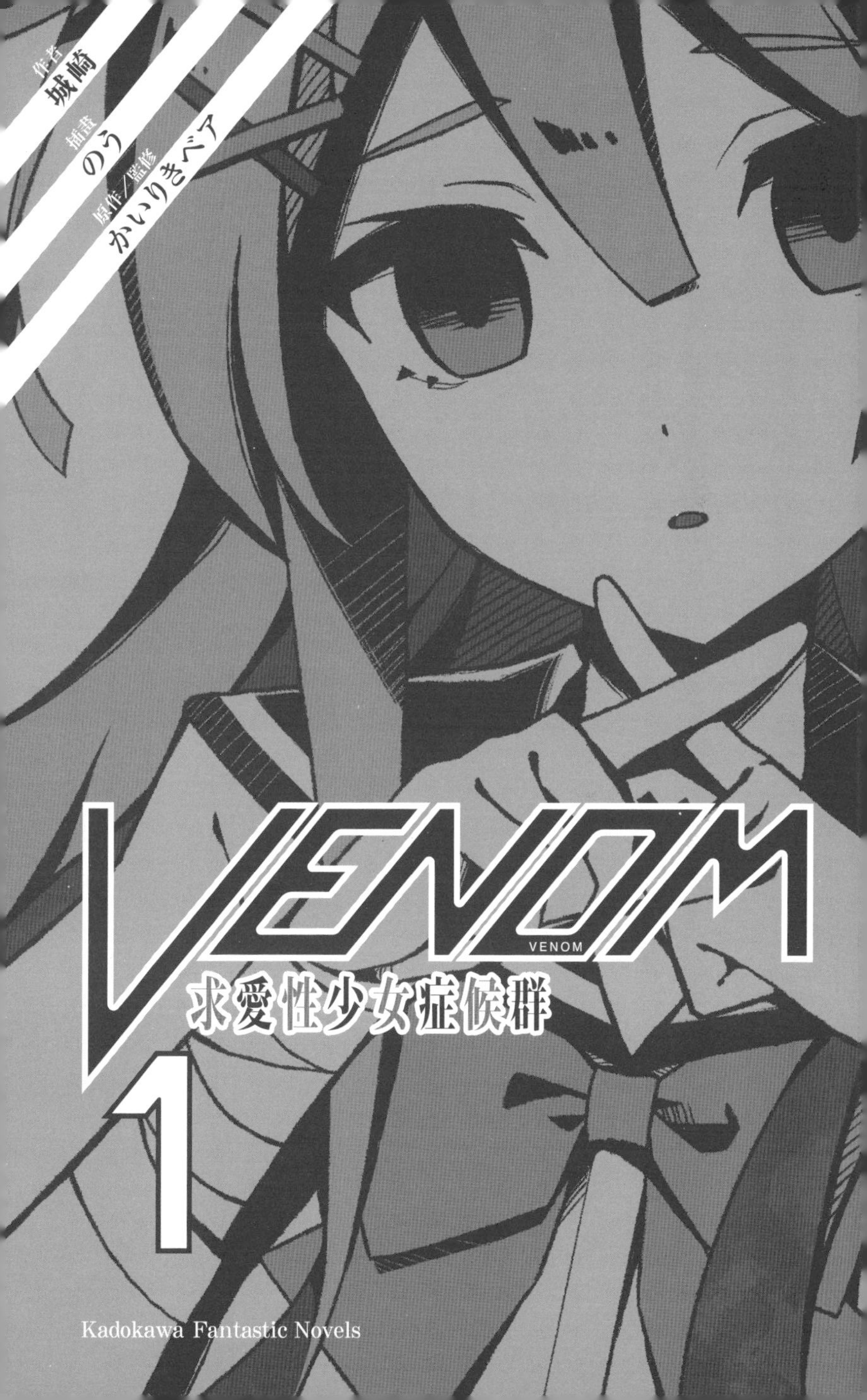
作者
城崎
插畫
のう
原作／監修
かいりきベア
VENOM
VENOM
求愛性少女症候群
1
Kadokawa Fantastic Novels

前言

託大家的福，歌曲〈VENOM〉成為了小說。

雖然以前發表的〈模仿模仿Imitation（暫譯）〉以及〈不在不在依存症（暫譯）〉，兩首曲子都是由我本人撰寫的故事；不過這次的小說是由身為作家的城崎老師在聽了かいりきベア的歌曲之後，自行加以解釋寫成的獨立故事。

儘管其他曲子的角色也有登場，但由於與原曲的設定不同，因此並不代表那些曲子的官方解釋就是本書的內容。

如果各位能用「要是存在這種解釋的世界也滿有趣的耶……！」這種類似平行世界的方式來閱讀，我會很高興。

或許也有人會產生「沒有かいりきベア本人的官方解釋嗎……？」之類的想法，但因為〈VENOM〉原本沒有打算寫成小說，所以歌詞內並不包含詳細的故事設定。

因此，這是連我本人都很期待「如果寫成小說，究竟會以什麼方式呈現呢？」的一本小說。

由總是為本人製作歌曲封面的のう氏所繪製的書中插圖也是非看不可。

有些地方說不定會出現和原曲不同的角色設定與故事而讓人有所疑惑，但大家就一起好好享受吧！

かいりきベア

◆序章

人只要活在世上，就無法從名為不平不滿的毒素中逃開。

假如能前往據說存在於某處的理想鄉，或許就能逃離這些紛擾，但能抵達那裡的人類肯定屈指可數。

因此，人們總是在尋找能夠排出體內毒素的場所。而其中一個地方，大概就是被稱作私密帳號的東西吧。

——私密帳號，通稱私帳。

指的是在社群網站上，以與本人做出區隔為動機而設立的帳號。大多數人都是用以抒發被稱作不平不滿的毒素，或是釋放平時所壓抑的慾望。

雖然這些帳號因為各式各樣的目的聚集在一起，但從冠上「私密」這個名稱就能知道，裡面大多是無法公開宣言的內容。

而最近在這裡擴散的傳聞，大概也能算是其中之一。

『知道求愛性少女症候群嗎？』
『那是什麼？新的暗號嗎？』
『那不是暗號啦ｗ』
『因為是彩小姐說的，還以為是那方面的事ｗ』
『我好像聽說過。』
『真的假的！』
『之前認識的人好像說過自己出現症狀之類的話，不過我已經記不清楚了。』
『是指染上危險藥物之類的嗎？還是別跟那種事扯上關係比較好喔。』
『據說就算不想有所關聯，會得病的人就是會有症狀喔？畢竟好像是種病症。』
『沒錯、沒錯。我見到的那個病患雖然視力突然變好，眼睛卻浮現愛心圖案。』
『那什麼啊，真可愛。不戴角膜變色片也能變成那樣嗎？總覺得有點羨慕耶。』
『啊，不過好像曾經看到其他人說自己沒辦法走路之類的發文。』
『那不是超恐怖的嗎！為什麼？怎麼會這樣啊？話說個人差異未免太大了吧！』
『原因好像還不太確定耶～』
『似乎有種說法，是只有經營私密帳號的人才會得病喔？』
『真的假的？』

『我還是第一次聽說耶。』

『咦～意思是遇到只能自認倒楣？』

『可是畢竟有個人差異，而且也不確定那個症候群？是不是真實存在嘛。也有人說，可能是那些想引人注意的人在亂編。』

『啊，原來只是傳言喔。名字那麼嚴肅，感覺很真實耶。』

『我懂w』

『不過醫生要是說出「求愛性少女症候群」，我搞不好會笑出來。』

『我懂、我懂～』

『【速報】小由紀第三次炎上。』

『又來啦～？』

『這次她又幹了什麼？』

『水管上好像有實況，去看看吧。』

『走吧～』

求愛性少女症候群——

多數人只把它當成毫無根據的傳言，充耳不聞地繼續其他話題。

可是，這些症狀是真實存在的。或許身邊的某人已經染上這種病症，只是自己不知道而已。

◆後天性病弱少女的糾葛

這裡是氣氛熱烈，全縣國中排球大賽準決賽的最後一回合。

熱氣纏繞在我們身上化為汗水不斷流下。這是因為比賽已經持續了五個回合。雖然因為有輪換，活動時間大概只占一半，還是會受到會場的熱氣影響。體育服貼在身上的感覺讓人有點不舒服。

雖然雙方學校都各自贏下兩回合，不過現在場上的比分為我方二十四分、對方二十五分，陷入了要是再讓對手得分就會立刻分出勝負的緊急情況。

這是一場根據結果，也會影響我們三年級生未來的重要比賽。

所有人都繃緊神經，現場充斥緊張的氣氛。因為長時間運動的緣故，大家應該也都很累了吧。

然而或許是興奮的影響，每個人都發出不帶一絲倦意的嘹亮聲音。包含我在內的人，或許都是在虛張聲勢也說不定。有種大家藉由說話來擠出自己最後一絲力量的感覺。

「要來嘍！」

「是——！」

麻里奈穩穩接住對手打過來的球，隨後我將球高高托起，由佳發出攻擊。

是一記就算比了這麼久依舊強勁的殺球！這下或許就能得分了！

與我的想法相反，對手漂亮地接下那記殺球，隨後同樣將球托起並殺了回來。不過亞美透過攔網立刻將其擋回去。

對手的反應瞬間產生遲疑。

雖然我覺得這次一定能得分，對方卻頑強地單手將球撈起。儘管只用單手接，球還是恰到好處地高高飛起。那個身材高大、看起來像是攻擊手的人肯定會利用這球趁勢進攻。

此時，我不經意和那位高舉手臂、身材高大的孩子對上了眼。在她揚起嘴角的同時，我很不可思議地發現目標是自己而冒出冷汗。我連隊上最強的由佳打出的殺球都只能勉強接住，有辦法接下這球嗎？我因為害怕而渾身顫抖。

……不，必須接住才行。因為要是不這麼做，我們就會輸掉！

我一邊觀察那個高個子的動作，一邊看著球。於是球一如所料地朝我飛了過來。

必須接住。絕對要接下來才行！

我全身採取動作，試圖將球接下！

可是當我注意到時，球已經穿過自己的手臂，即將落在地面上。

我的大腦已經明白來不及。即使如此，我的手腳還是不斷掙扎，看著眼前宛如慢動作般緩緩落下的球，完全無法移開視線。

當球觸碰到體育館地板的瞬間，比賽結束的哨音像是要將球傳出的些微彈跳聲蓋過般響徹整個場館，緊接著對手陣營發出盛大的歡呼聲。

即使如此，我的注意力仍然專注在那顆球上。就算它早已被人收走，我還是持續注視著它。

「集合！」

受到教練喊聲和周圍腳步聲的影響，我終於從球上轉移注意力。

並在渾渾噩噩的狀況下，習慣性地驅使身體前去集合。但是這次我的意識變得十分模糊。雖然能透過嘴型設法理解教練正在說話，卻完全不清楚他在說些什麼。

話雖如此，唯獨一件事我很清楚。

我們的排球社因為我的失誤而招致敗北，事情就是這樣。

重新認知到這件事，讓我陷入心臟被人揪住般的感覺。

好可怕。雖然不知道為什麼，但我就是會這麼想。

○

「露露！」

因為被人用力搖晃身體，我回過神朝聲音的方向看去。

「妳在發什麼呆啊！很危險耶！」

仔細一看，我發現麻里奈正有些不滿地一邊搖著我的肩膀，一邊窺探著我的表情。我不解地環顧四周，發現原本轉為紅色的號誌已經變成綠燈，周圍的行人也正快步地穿越馬路，同時狐疑地看過來。

我似乎陷入沉思到完全沒發現這些事。

我帶著歉意回了個苦笑。

「抱歉、抱歉，我稍微在想點事情。」

「嚇死人了！小心一點啦。」

「我會注意的……話說，剛剛聊到哪裡了？」

「啊～就是說啊。」

「嗯嗯。」

……雖然我的確覺得很抱歉，同時也有種這也沒辦法的反抗心理。

因為我總會忽然想起自己在大會上犯下的錯。

雖然不至於作惡夢，但只要清醒就會因為某些契機回想起來。

尤其和當時一同奮戰的排球社員在一起時更是容易。那也是理所當然的吧。畢竟雖然大家嘴上都說別在意，但沒人知道她們內心真正的想法。

「準決賽都是因為那傢伙的失誤才輸的」。至少有一個人會這麼想，並厭惡著我才對。她們私底下肯定很討厭我。可是，她們究竟何時才會直接表現出來呢？一想到這裡，我就覺得很害怕。就算在聊天的時候，也會因為擔心眼前的笑容何時會轉為厭惡或冷漠的表情而坐立難安。

她們建立了一個把我排除在外的聊天群組也說不定。就像之前打保齡球時也是，只是因為由佳偶然說漏嘴才會邀我同行，她們本來或許沒有那個打算……不，一定是這樣。

我的內心已經病到會對此堅信不移。

我放下後背包，直接躺到床上。今天明明沒帶多少東西才對，肩膀卻十分疼痛。是因為退出社團、不再活動身體，導致容易疲憊的緣故嗎？就算是這樣，雖然不是很討厭，但也提不起勁運動。

一旦回到家，就會變得什麼也不想做。

『今天也累死了。想說不用再進行社團活動了，現在卻得準備考試，誰受得了啊？高中我絕對不會再加入社團了！』

自從察覺自己生病之後，最近開始在熟人介紹下申辦的私密帳號抱怨，已經成了我的例行公事。因為會整天頻繁地在上面抱怨，所以與其說是例行公事，稱為換氣或許還比較正確。

這是為了讓我能活在現實世界的重要換氣。

今天回家之後我依舊打開帳號，將諸多不滿化為喃喃自語發出投稿，隨後馬上就有人前來附和。網路上肯定存在不少與我有相同遭遇的學生吧。我認為會讓人這麼想，也是私密帳號的一種魅力。

大家一定和我一樣，覺得這種事很難在現實中說出口。就算有能夠訴苦的人，也不可能一直抱怨下去，因此在網路上抒發是件有意義的事。

做完就寢準備後，我再次躺上床簡單地回應前來附和的人，接著將智慧型手機放到枕頭旁。

「唉。」

我嘆了口氣。

「真累人啊……」

這是我的真心話。身體就不用說了，精神也早已筋疲力盡。儘管如此，我遲遲無法進入夢鄉。

還在排球社時累的幾乎都是身體，因此馬上就能睡著。從這點看來，或許參加社團活動比較好。

可是，我應該不會再參加任何社團了。我已經不想再遇到那種事了。

就算可能為了個人成績而必須參加，我應該也會選擇沒有比賽的和平社團。如果可以，活動時間很少也無所謂。不過這樣一來，參加社團活動還有意義嗎？不參加比賽的社團，感覺就很沒幹勁，一點也不有趣……

「嗚……」

為了能夠逃避痛苦的過往，我再次拿起智慧型手機，觀看私密帳號的動態。

私密帳號明明有不少和我一樣在白天活動的學生，卻有不少人直到半夜都還清醒著。

雖然對於他們白天會不會打瞌睡這件事好奇得不得了，但無論什麼時候都有人在，總讓人覺得很安心。假如追蹤者大多是同學的公開帳號，應該就不會發生這種事。說到底，公開帳號的那些人本來就不太常發言。

當我正在回應其他人的貼文時，我的眼前冒出一句話。

『知道求愛性少女症候群嗎？』

雖然是沒見過的詞彙，總覺得發音很不錯。

求愛性少女。

感覺能直接當作偶像團體的名字。

因為很在意，我看了看那則貼文下面的回覆。依照上面的說法，似乎是一種最近廣為流傳，類似疾病的東西。雖然症狀與其優美的名字相反十分可怕，似乎就連這方面都是不確定的傳聞。明明是這樣，又為什麼會得到這種像是真實疾病的正式名稱呢？雖然覺得很不可思議，腦袋卻沒辦法好好運轉，打起了呵欠。思緒無法集中，看來出現了睡意。

我扔下智慧型手機、蓋上棉被，沒幾分鐘就進入夢鄉。

隔天，進教室整理完帶來的東西之後，我一如往常地前往前排球社員們集合的地方。

「早安～！今天要聊些什麼？」

大家的視線瞬間聚集到我身上，她們回應的幾句「早安」失去了平時的活力。我不解地偏過頭去，眼前出現數學的題庫。那是一種如果沒有理由，沒人會想拿來看的東西。也就是說……

「難道說？」

我以希望這是謊言的期許提出問題後，眾人點了點頭。瞬間，我的臉色轉為蒼白。

「沒錯。不是什麼難道說，而是真的有突襲小考。」

「隔壁班的森說她早上在職員辦公室看到的。既然是那傢伙說的，就絕對不會錯！」

「我完全沒做耶！」

「因為大家都沒做，才會像這樣死氣沉沉的啊！」

「要是平時好好練習，就不會變成這樣了呢。」

「有時間講風涼話，不如快點教我啦！」

「咦？妳對求教的人說了什麼？」

「請、請教教我！」

「拜託妳了！」

「該怎麼辦呢～」

大家一邊吵個不停，一邊要求亞美進行解說。她雖然嘴上抱怨個不停，還是仔細地教導大家，我們則肩並著肩擠在一起聆聽。我們總是像這樣仰賴連臨時抱佛腳都稱不上的早晨K書度過難關，這次大概也一樣。我怎麼都沒想到，社團活動結束後的大考前也會遇到這種事。

不過就算社團活動結束、人家跟我說：「好，該準備大考了！」無法湧現實感也是事實。我想大家都是這樣。不，應該說，我希望如此。

亞美的教學實在淺顯易懂，比老師講得好多了。拜此所賜，我吸收得很快，最重要的頭卻覺得有點痛。儘管並非無法忍耐，這股疼痛已經到了或許吃藥會比較好的程度。我有帶頭痛藥來嗎？之後翻化妝包找找看吧。

○

當我打算回家時，由佳帶著明顯不解的表情出現在我的面前。

「那個露露，今天——」

「抱、抱歉，我今天也有點事，得早點回家才行。」

「這、這樣啊。」

雖然她明顯下沉的聲調讓我有些不捨，我還是換好了鞋子。

「……明天見喔。」

我不等對方做出回應就跑離現場。啊啊，真討厭這種像是在逃走般的自己。她肯定覺得「又來了」，並且用憐憫的眼神看著我吧。這實在讓我厭惡得不得了。

這究竟是我第幾次拒絕一起回家的邀請了呢？即使如此，她們依然鍥而不捨地邀請我。這讓我感到開心，卻也同時產生了強烈的罪惡感。明明覺得自己因為在大會上失誤而遭到排擠，為何會變成我主動避開她們呢？

我並不希望這麼做。實際上如果可以，我想跟她們一起回家，一起去卡拉ＯＫ之類的地方玩樂轉換心情，但我再也無法這麼做了。

這也是理所當然的。

因為我只要跟前排球社的人待在一起，身體狀況就會莫名其妙地變差。出現的症狀種類繁多，像是某個地方感到疼痛或是頭暈，嚴重時甚至會因為忍不住疼痛，在上課途中跑去保健室。這種情況發生了不只一次，而是好幾次。在這之前我明明一次都沒去過保健室，現在卻變成連老師都記住我的長相了。

發現只有跟前排球社的成員待在一起才會有這些症狀，是在不久之前。

身體不適本身大約是從一個月前開始，最初在某個平淡無奇的日子突然肚子痛了起來。雖然在那之後情況一天比一天更加嚴重，但我還是用「因為突然開始念自己不擅長的書」這個理由強硬地說服了自己。況且還有在排球大賽上失敗的壓力在。

然而，在一週前沒有和任何人出去玩的某一天。儘管我那天整天都面對書桌念書，疲勞感卻比平時還少，而且頭部和腹部也絲毫不覺得疼痛。由於最近沒有症狀的日子變得越來越少，這點讓我非常吃驚，於是產生了「或許是因為大家都不在，才沒有發生任何異狀」這種想法。

可是，心中想著或許只是偶然，隔天假日也拒絕邀約待在家中。結果，我的身體果然沒有任何不適。

接著隔天前往學校和大家聚在一塊兒時，疼痛再次襲來。強烈到就算想當成誤會也沒辦法的程度。因此應該能夠斷定，疼痛的原因就是和大家待在一起吧。

至今我都抱持「只要笑就行了」，帶著減輕疼痛的心情盡可能和大家待在一起。可是沒想到，這個竟然就是原因。

那天我用私密帳號好好發洩了一番。

為什麼自己非得遇到這種事不可啊！

我將這個想法一股腦兒地寫成文字發布出去。因為就是這樣嘛。明明大家難得想和我打成一片，我卻變得無法踏進那個圈子裡。就算加入也會變得難受，最終不得不離開，這麼一來就跟無法加入沒有兩樣。

抱持著受到排擠的被害妄想或許確實是個錯誤。但是當時那個情況，會這麼想也是沒辦法的吧。

而且因為身體狀況變差的關係，現在連課都沒辦法好好上了。雖然課本內容早就上完、只剩下複習，但是這對於我這種因為參加社團，總是在臨時抱佛腳的人來說非常重要。要是現在不好好準備就真的不知道該怎麼辦，我才不想要考不上高中。

諸多想法混在一起，使我的眼淚停不下來。雖然中途老媽跑來關心我，但我只是在她懷裡哭個不停，一句話也說不出來。

隔天早上，當我醒來檢查私密帳號時，發現有個來自陌生帳號的回應。

『那不就是求愛性少女症候群嗎？』

總覺得以前也看過這個詞彙，但想不起來是什麼意思。由於有可能只是陌生人的風涼話，因此我加以無視，接著不情願地離開被窩開始做起上學準備，並仔細地修飾自己哭腫的眼睛。

來到學校之後，我發現前排球社的成員都站在我的座位前面。帶頭的是一臉難以言喻的表情，過去擔任隊長的亞美。看見她相較於比賽更加嚴肅的表情，我不禁停下腳步。她究竟打算對我說什麼呢？

因為害怕，使我想直接轉身前往保健室。但她們也發現了我，並將我包圍起來。雖然不是所有人的表情都很嚴肅，但被人圍住還是很有壓迫感。

「妳最近為什麼要躲著我們？」

她毫無預警地開口說。

「那、那是因為……」

「是不能說的事嗎？」

反正就算講出來也只會被人討厭，所以我不想說。然而由於眼前的視線太過尖銳，我便在罪惡感的驅使下開了口。

「因為跟大家在一起……我、我就會身體不舒服……」

「這是什麼意思？」
麻里奈突然插嘴朝我逼近，由佳見狀說著「好了、好了」試圖替我打圓場，麻里奈卻抓住我的手腕。
「妳就這麼討厭和我們在一起嗎？」
她就像不打算讓我說出否定的話語般繼續開口說：
「露露的確在排球大會上失誤了，可是既然都讓對手拿了那麼多分，就不會只是妳一個人的錯吧！」
比麻里奈對我手腕施加更加強烈的力量，正壓迫著我的手腕。好痛。
「明知如此妳還以為我們會怪罪這件事？以為會被排擠？別小看人了！」
「不對！我不討厭大家！可是真的很痛！現在也一樣！所以放開我！」
我用力揮動手腕，甩掉麻里奈的手。被抓住的手腕彷彿斷掉般疼痛。光是被沒有力氣的她抓住手腕，疼痛就如此強烈。
「為什麼會痛？」
「……我不知道。」
「妳不是在隨口敷衍吧？」
「算……算了、算了，說到這裡就可以了吧？剛剛或許是麻里奈太用力了也說不定。

妳很痛吧，露露。乖喔、乖喔。」

由佳就像這樣一如往常地抱住我。就在這個瞬間，令人難以置信的劇烈疼痛在我身上流竄。

「住手！」

我忍不住推開她。

「咦？」

由佳一臉難以置信地皺起眉頭。

「為什麼……？」

直到剛才都還嘈雜的聲音瞬間安靜下來。環顧四周，我這才發現大家也都是一副不敢相信的表情。

我也不敢相信啊。明明……明明不該這樣才對！

「等、等一下……」

「真差勁。」

麻里奈語帶輕蔑地說。其他人雖然一句話也沒說，但也紛紛用帶有這種想法的眼神看著我。不過她們馬上就關心似的湊到由佳身邊，扶著她的肩膀離開了。從方向看來，大概是去保健室吧。要是沒有受傷就好了……因為事情太過缺乏現實感，被拋下的我事不關己似的這麼想。

以這天為分水嶺，我變得開始能夠忍受獨自度過下課時光。雖然起初很擔心其他人會怎麼看我，但因為獨自專心念書的人很多，所以我不怎麼受到矚目。只要看著翻開的課本，我看起來應該也像個優秀的考生吧。實際上我也藉此記住一些單字，覺得還不錯。

反正再過幾個月，大家就會各奔東西。只要上了高中，應該就能改變人際關係，和原本一樣打進圈子裡吧。一定是的。希望是這樣……我雖然懷抱期待，同時也對沒有辦法解決自身症狀感到絕望。要是不在上高中前想點辦法就麻煩了。

『今天也總是遇到討厭的事，好想快點畢業喔。』

另外因為習慣孤身一人的緣故，我變得對私密帳號更加投入。對我而言，現實世界已經如同大海般難以生存。

○

即使上了高中，我周遭的環境依然沒什麼變化。

因為就讀的是幾乎沒有國中同學的學校，可以不必在意過去的評價固然很好，但我一旦與人接觸就會身體不適的症狀還是沒有改變。雖然存在就算接觸也沒事的人，但會出問題的比例壓倒性地高。

明知道一旦與人接觸就會不舒服還打算接觸他人，肯定很蠢吧。

即使如此，由於剛入學的我想要交朋友，因此拚命地加以掩飾。在輾轉數個團體之後，最後在一個由許多不起眼同學構成的團體中定了下來。今天我也一邊和她們陪笑，一邊共進午餐。

我不認為這樣下去是件好事。一想到未來也得不斷陪笑，就覺得背脊發涼。

儘管如此，我也想不出能改善現況的方法。雖然也曾經考慮過要一個人獨處，但我沒有那種勇氣。

「小露，難不成妳很睏嗎？」

團體內的相澤同學這麼詢問，同時畏畏縮縮地看著我。大概是覺得自己說的話很無聊，所以我沒有仔細聽吧。雖然她猜中了一半，但也不可能實話實說，這裡就當作真的很想睡覺吧。

「有一點。昨天有點睡眠不足。」

「這樣啊？是作業沒寫完之類的原因嗎？」

「嗯，差不多就是那樣吧。」

「睡眠不足是皮膚的大敵，小心一點比較好喔。」

相澤同學垂下手掌做出妖怪的手勢。一想到她用這種方式來表現可怕，我忍不住笑了出來。

「啊，妳笑了！」

不知為何，她也很開心似的露出笑容。

「不是，畢竟相澤同學的動作很像小孩，一時忍不住。」

「竟然說人像小孩，真失禮耶！」

「妳用妖怪來比喻可怕的東西時，就完全是個小孩子吧？」

直到剛剛都很安靜、專心讀著書的田中同學插嘴說。也就是說，午休時間大概已經要結束了吧。我朝時鐘看去，現在時間是午休結束前五分鐘。她的生理時鐘還是一如往常地準確，老實說有點嚇人。

雖然相澤同學也對說這種話的田中同學抱怨：「很失禮耶！」但我也跟她有同感。只有小孩才會害怕妖怪這種東西。人隨著年紀增長，會知道真正可怕的果然還是人。

「時間也差不多了，回教室吧。」

「說得也是——下一堂課是什麼來著？啊，是國語嗎！」

「唔哇，真沒勁耶。」

和兩人一起返回教室，鐘聲在我們各自回到座位時響起。接著老師開門走了進來，開始上課。

我一邊用午後昏昏欲睡的腦袋假裝聆聽老師說的話，一邊心不在焉地看著自己慣用的右手。

我究竟為什麼會變成這種只要與人接觸就會不舒服的身體呢？

比起感到疑惑，我更常因為難過而嘆息。

為何偏偏是我遇到這種事呢？在排球大會上失誤的罪就這麼重嗎？另一方面，主動疏遠排球社的成員或許算是重罪……可是如果不那麼做，我的身體應該會先撐不住，所以我想這也是沒辦法的事。

況且，如果這種程度就算重罪，犯下殺人或恐嚇等罪行的人究竟算什麼呢？那些人不被當成千古罪人的話，我可接受不了……不，就是因為罪行並不嚴重，症狀才會這麼陰暗嗎？或許只是我不知道，要是變成千古罪人，每當與人接觸就會被超乎想像的電流給電到嗎？這樣的話好像也很難忍受呢……

「好，那麼這個問題……我想想，因為今天是十五號，那麼就由座號十五號的野上來回答吧。」

老師的聲音讓我不禁抖了一下。我對自己沒被點到的事鬆了口氣，同時重新將思緒聚焦在自己想要思考的事情上。

我必須考慮的，只有跟自己有關的問題才對。

沒錯，那些罪行比我更重的人一點都不重要。

話說回來，偶爾也會出現即使觸碰也沒問題的人，到底為什麼碰了他們沒事呢？如果是在故事之中，大概就會用彼此的交情或信賴之類的漂亮話來進行區分吧，但我能斷言絕對不是那麼一回事。因為當我撞到沒有任何交集的娜娜學姊時，並沒有感受到任何痛楚。

果然，我的症狀就是那個被稱作「求愛性少女症候群」的病嗎？

在那之後不只是陌生人，就連互相追蹤的人也提出那是我的症狀其中一環的說法。試著調查之後，我發現上面有些內容也和我的症狀相符。但是仔細一想，這似乎也能套用在所有情況上，所以還是不太確定。

接著我找到寫著發病原因就是經營私密帳號的頁面。確實，我發病的時期和開始用私密帳號的時期一致。那麼解決方式很單純，只要刪除帳號就可以了吧。我抱著「只要不會再感到疼痛的話」這種想法，一度打開刪除帳號的頁面。

但是對於使用私密帳號發文、將與人分享痛苦和不滿視為「換氣」的我來說，實在沒有辦法刪除帳號。

說到底，所謂的「求愛性少女症候群」到底是什麼？

雖然試著調查還有沒有其他發病者的共同症狀，但只找到以挖苦這件事作樂，或是對產生這些症狀的年輕人說教的文章。

偶爾也會看到附加照片的受害報告，但下面的回覆總是會出現「後製辛苦了」之類的發言，身為外行人的我根本不明白哪邊才是真的。

最重要的是，由於知道就連至今都信以為真的電視節目都會大量加上後製與剪輯，才知道正確情報究竟有多難取得。

喀啦。

「啊。」

看來我因為想事情而失神，自動鉛筆從我手中掉了下去。此時正在唸課文偶然經過的老師將筆撿起來，拿到我的面前。

「這是露露的東西嗎？」

「謝、謝謝老師。」

我的內心因為讓老師幫忙撿筆的罪惡感，以及接下來必須伸手接筆的事實而冷汗直流。因為在老師們面前也經常會過度表現出疼痛的模樣，就算被傳聞是「那種存在」應該也不奇怪。這位老師不知道這件事嗎？如果知道的話就好了。雖然被教數學的西村當作瘟神讓人很不爽，但比起某個地方突然疼痛起來要好多了。最重要的是，會覺得痛的人只有我嘛。

我戰戰兢兢地祈求不要有任何反應並伸出手。不曉得是感到疑惑，還是等不及了，老師將自動鉛筆放到我的桌子上。

「下次記得拿好，不要再弄掉了。」

「好、好的……！」

這位老師肯定是個好老師！接下來還是專心上課吧！

露露

高中二年級。
無論做什麼事情，成績都是平均水準，並且對此感到自卑。

說明書

（VENOM 求愛性少女症候群）

名字	露露
原曲	VENOM

001

求愛性少女症候群的症狀與原因	因為和周遭朋友的小誤會，變得難以在學校立足，一旦與人接觸就會身體不適。
かいりきベア的說明	每個人都是獨自出生，並且孤獨地死去。這個世界本身就是VENOM（猛毒）。
名字的由來	引用歌詞「流了出來」與「產生渴望」的部分。 另外也從SickSick的段落聯想到感冒藥的名稱…… （註：流了出來「流るルル」與產生渴望「欲しがルル」的「ルル」（RURU）即為本篇主角的名字。「ルル」為知名感冒藥品牌。）

VENOM

◆無法回家的少女誕生前

「為什麼妳老是這樣啊……！」
當我年紀還小、妹妹還沒出生的時候，父母對我應該也比較溫柔吧。
他們是從什麼時候開始，變得只對我這麼嚴厲呢？我完全不記得了。
「真是的……如果換成妳妹妹艾莉娜，明明就不會發生這種事。是優點全部被那孩子拿走了吧？沒錯，一定是這樣。」
我一邊聆聽母親歇斯底里的慘叫聲，一邊這麼想。
但人的記憶是很曖昧的，或許父母從來沒有對我溫柔過，只是我一廂情願地「希望是這麼一回事」也說不定。
像我這種失敗作希望有溫柔的父母，肯定很不適合吧。
但是取而代之，我有屬於自己的英雄。
她——愛衣像是要袒護我似的站在我前面，面對我的母親。
「真是非常抱歉，夫人。我會好好糾正大小姐。」

我一直覺得她的鞠躬姿勢十分優美。雖然才剛來我家擔任女僕沒多久，卻能以比任何長年任職於家裡的人更加優雅的方式低頭，不愧是一直都在保護我的英雄！

雖然見到她向我以外的人低頭令我非常不甘，但她肯為了我低頭的喜悅還是略勝一籌，因此我什麼也說不出來。畢竟就連家人裡，也找不到願意打從心底替我道歉的人嘛。

「請妳務必這麼做。如果是妳說的話，那孩子應該也會聽進去才對。」

「……屬下不勝惶恐。」

愛衣進一步低下頭。母親先是注視著她，隨後忿忿不平地看了我一眼，便返回自己的房間了。

等母親的腳步聲遠離後，我對愛衣說：「請抬起頭來吧。」但她依然低著頭。這是因為她一板一眼的關係吧。雖然我尊敬這樣的她，但現在的我一點也不覺得高興。母親她真的有這麼恐怖嗎？父親暫且不提，母親本身明明沒有任何力量。

不久後她總算抬起頭，帶著我朝房間的方向走去。

我注視著她那挺直了腰的背影，走在一如往常的走廊上。

回到房間後，我被要求坐在椅子上。接著愛衣也開始狠狠地唸了我一番，但我並不討厭被她說教。因為我很清楚她並非為了這個家，而是真心為我著想的緣故。

「大小姐。」

「我不是說過，在房間裡要叫我『艾莉姆』嗎？」

雖然她瞬間因為我說的話顯得有些吃驚，馬上就擺出比剛剛更加嚴肅的表情。明明只是半開玩笑地講講看而已嘛。

「大小姐，您知道自己做的事有多嚴重嗎？」

「我並沒有偷懶這件事，離我最近的愛衣應該很清楚才對吧？」

「……我不是在說成績，您對夫人的態度才是問題所在。要是被那樣對待，平時溫柔的夫人會生氣也是理所當然的不是嗎？」

「說什麼平時很溫柔，妳真的這麼想嗎？」

「大小姐。」

她的雙眼筆直地注視我，銳利的雙眼蘊含對我的憤怒。對此並未感到害怕而是高興的我，果然是失敗作吧。

「您為什麼這麼喜歡替自己樹立敵人呢？」

「這是因為除了愛衣以外的傢伙，我一點都不在乎的關係喔。」

「您又開起往常的玩笑了。」

「我是認真的喔。愛衣妳應該很清楚我是不是在開玩笑吧？」

「……如果您真的這麼想，那麼請您至少乖乖聽我說的話。」

「如果我乖乖照做，妳願意親我嗎？」
「咦？」
「請妳親我。」
我指著自己的嘴唇說。
原本筆直盯著我看的愛衣緩緩地朝右下別開視線。明明已經開了空調，她的臉卻變得像蘋果一樣紅通通，真是可愛極了！
見到她這副模樣，我的笑意逐漸加深。這是因為剛剛從母親單方面的怒火中保護我的英雄，現在正被我玩弄於股掌之中，我怎麼可能覺得不開心呢？
「我說，要怎麼做呢？」
她露出不知該如何是好的表情。雖然她總是只說必要的話，其實表情十分豐富。唯獨她覺得困擾的時候，表情會顯得十分多變，所以我會樂於造成她的困擾也是沒辦法的事。
最後她像是下定決心似的看著我的眼睛。
「……只有這次才會做這種事喔。」
「我知道。從下次開始，就跟往常一樣用只有愛情的方式接吻吧。」
「我不是這個意思……！」
我察覺再這樣下去，她會認真開始不停說教，於是將臉朝她湊了過去。

過了幾年，她因為功勞得到認同而升任為女僕長。

因為她是唯一能說動這個家裡最難伺候的我的人才，所以才被賦予了無法辭職的責任吧。由於我個人也不希望她離開，因此非常感謝父母的決定。這或許是我懂事以來，第一次對雙親有所感謝也說不定。

至於我，雖然依然遠比一般人來得優秀，但一旦和妹妹相比，還是會被當成失敗作。畢竟父母每個星期都會斥責我是個失敗作，每當這時妹妹就會露出一副天真無邪的憐憫眼神看著我。

未來應該也一直都會如此吧。

可是，這些事情對我而言已經無所謂了。

我的內心已經下了某個決定。

這不是我一個人能辦到的事，因此是以兩人合力完成作為前提的大型計畫。

「我有件重要的事要說。」

受到傳喚前來的愛衣，一如既往地凜然動人。

「有什麼事嗎，艾莉姆大小姐？」

總覺得她的外表在這幾年變得更加成熟。與其說是成為女僕長才變成這樣，更讓人覺得：正因為具備此等外表，才能夠勝任女僕長的職位。她也付出了許多努力，才能擔任女僕長吧。我個人也對此感到非常驕傲。

她要是聽了我接下來說的話，究竟會做出什麼反應呢？會覺得高興嗎？還是感到傻眼呢？最壞的情況，大概會被她瞧不起也說不定。

即使如此我依然期待她會高興而開口說：

「等我國中畢業之後，一起離開這個家吧。」

她的臉上浮現困擾的神色。並非開心或是輕蔑，只是一副純粹不懂我為什麼會說出這種話的表情。

因此，我說出自己在心中練習過無數次的理由。

「對這個家族的人而言，我只不過是失敗作。繼續待在這裡只會對我造成負擔，也會給這個家帶來困擾。所以，以畢業為契機，我決定要離家出走。」

我吸了口氣。

接著，盡可能展露出不會讓她感到不安的微笑。

「沒問題的，我已經存了一定程度的錢，也拚命找到沒有這個家族耳目的地區。」

就算聽我這麼解釋，她的表情依然充滿不解。

「所以說，請不必擔心。」

我與其說是為了讓愛衣放心，更像是在請求地如此補充。這是因為，我認為再這樣下去，她有可能不願意跟我走的緣故。那樣一來不僅這個計畫無法達成，我制定這個計畫也會失去意義。

「……您不是已經平安考上理想的高中嗎？如果要離家出走，我認為等到高中畢業也不遲喔？」

她努力佯裝冷靜地這麼說。這肯定是她毫無保留的真心話吧。我在心裡悄悄鬆了一口氣，幸好沒有被她瞧不起。

「我確實沒有立刻必須這麼做的理由。但是說起不想繼續忍耐的理由，我倒是能想到好幾個。我已經受夠繼續被拿來跟妹妹做比較了，這件事我想愛衣也很清楚吧？」

面對我的提問，愛衣輕輕點了點頭。不過她遲遲沒有抬起頭來，看起來應該是在思考如何讓我回心轉意。或許她作夢也沒想到，我會產生這種想法也說不定。

但先前早已想好說詞的我繼續說：

「具體來說，我也沒有拖愛衣下水的理由，也無法立刻幫妳準備比這個家的女僕長更加優渥的地位，所以這件事對妳而言沒有任何好處。」

我是在明白這件事的情況下向她提出要求。

「但是，對於愛慕妳的人來說，愛衣是不可或缺的。只因為這個理由，我希望妳能與我一起離開這個家。」

「……真是不勝榮幸。」

「沒錯吧？」

我努力擠出笑容。

「當然，我不會強迫妳。」

我想只要這麼做她就一定會跟來，但我實在不想這麼做。

「因為這是個要有愛衣才能成立的計畫，要是愛衣不走，我也無法離開這裡。所以立刻將我說的話視為問題，立刻向我父母報告才是比較聰明的做法吧。」

現場應該沒有會做出聰明選擇的人才對。

「愛衣。」

正因為相信她，我才會說出這種話。

「妳一定會握住我的手，我對此堅信不移喔。」

我朝她伸出手。

「……大小姐還真堅強呢。」

她用聽起來像是感慨，又像是傻眼的語氣這麼說。面對這出乎意料的話語，換我感到有些困惑。

因為我認為真正堅強的人不會逃避現狀，願意面對現實。所以說不願面對、打算逃避現實的我堅強的愛衣，才是真正堅強的人吧。

她果然一直都是我的英雄。

「會這麼說的愛衣才是最堅強的喔。所以我才會對妳的堅強稍微有所期待，然後提出邀約。」

我拚命到說出自己原本沒打算說出口的事。因為我無論如何都想讓這件事成功。

不知道是見到我拚命的模樣很有趣還是其他原因，她終於露出笑容。

「受到大小姐信賴，總覺得會很辛苦呢。」

「哎呀，還真敢說呢？」

「那當然。因為一旦離開這個家，艾莉姆就不再是大小姐了。」

「這麼一說的確是呢。既然如此，就用姊妹的身分一起生活吧？」

「雖然一點都不像，不過就這麼辦吧。」

愛衣臉上掛著安穩的笑容，握住我的手……

「無聊的話題就到此為止了。」

此時房門發出巨大聲響，被打了開來。
面對這突然發生的事，我們同時朝門口看了過去。
父親大人正站在那裡。見到他的身影，我不禁背脊一涼。明明整個房間都是隔音的，他為什麼會在這時候突然出現呢？
「你怎麼會在這裡？」
「因為收到妳最近行為很詭異的報告，所以我裝設了竊聽器。不過我實在沒想到，妳真的會策劃奇怪的事情……」
竊聽器！
面對這難以置信的詞彙，我當場坐倒在地。
「雖然我一直對妳們淫穢的關係睜一隻眼閉一隻眼，但要離家出走就另當別論了。或許該說，妳覺得我會允許這種事嗎？正因為會這麼想，才會制定這種計畫吧。所以才會說妳是失敗作啊。」
他不斷說出打從心底感到輕蔑的話語。
「女僕長，妳也一樣。為什麼要附和她？她只是個不通世故的孩子，就算帶著這個沒有教養的傢伙逃出去，生活也會立刻陷入困境。妳應該沒有蠢到不清楚這件事吧？」
「我是侍奉大小姐的女僕。只要是為了大小姐，我什麼都願意做。」

我短暫地為這句話所感動，然後父親大人的怒罵聲響徹整個房間。因為看見他舉起手，我拚命地起身阻擋在愛衣面前。隨後我因為頭部被人猛烈搖晃的感覺倒下，接著逐漸失去了意識。

○

醒來之後，我發現身邊站著一名不認識的女僕。

「愛衣呢？」

由於不見總是陪在我身邊的愛衣，我滿懷疑惑地提問。

「老爺以不再出現在艾莉姆大小姐面前為條件，原諒了愛衣大人的所有過錯。」

「……不再出現？」

因為我的錯，愛衣她——

「是的。因為這個緣故，從今天開始我就是大小姐的專屬女僕。接下來請多多指教……大小姐？」

我的眼前變得一片漆黑。

於是，我那失去希望的高中生活就此揭開序幕。

○

「這個班上的人總是不遵守時間，大家都不覺得自己更應該去注意時鐘之類的嗎？」

我一邊聽著級任老師漫長的說教，一邊看著窗外陷入沉思——自從國中畢業，升上高中之後已經過了數個月。我表面上將那件事用「覆水難收，事情注定會變成這樣」的想法做了切割。這是覺得既然失去了愛衣，就只能這麼做的緣故。

從旁人的眼光看來，我看起來應該像是打算忘記一切活下去吧。

但其實當時留下的傷痕並未痊癒，依然隱隱作痛。

我每天都會想：要是當時沒有胡思亂想就好了。但是無論回想幾次，我依舊覺得自己還是會選擇和愛衣一起離開那個家。因為只要待在家裡，就會覺得痛苦到難以呼吸。

愛衣身為我的英雄已經不在，現在比過去更加痛苦到讓人難以忍受。我想今後應該也不會再遇見像愛衣那般勇敢的人了吧。

這樣也好。這麼一來就能當成我心中無可取代的回憶了。

可是，待在家裡仍然令我感到痛苦。也因為與父親立下了在高中畢業之前不會離開家裡的約定，痛苦一天比一天更加強烈。

這樣的我最終接觸到的，是社群網站中被稱作私密帳號的文化。這種用匿名方式表達對現狀不滿的行為，對我而言是最大的救贖。因為能夠不暴露身分，將自己無法吐露的煩惱與他人共享。見到自己的不滿得到認同，我甚至有點感動。未曾謀面的某人，也陷入了我以為只有自己陷入的困境。這股自己並不孤單的安心感，甚至讓我產生日復一日的痛苦稍有緩解的錯覺。

由於想要不斷體會這股錯覺，我在家裡的時間變得幾乎都用來瀏覽私密帳號。這些事情當然是在課業和學習都結束之後才做，也並未受到父母更多的責罵。因為習慣對父母的責備裝出順從態度的緣故，我也變得懂得如何維持一定程度的努力，並且不勉強自己。

「那麼，明天再一起加油吧。」

我對級任老師冗長的說教充耳不聞，今天的課程結束了。

「明天見嘍！」

「嗯，明天見。」

我和參加社團活動的朋友道別，踏上歸途。

今天放學的時間比平時來得早，要是直接回家，就必須在家裡待上比平常更久的時間。因為不想這麼做，我順道前往位於回家路上的市立圖書館。找了個窗邊的位置就座後，我為了做出假裝在讀書的模樣翻開參考書，接著將智慧型手機放在上面，一如往常地瀏覽私密帳號的動態。

『知道求愛性少女症候群嗎？』

出現在某串貼文中、看似病名的文字列，瞬間吸引了我的目光。試著詳細調查之後，似乎是某種還算受到關注的傳言。大概是某個想引人注目的傢伙胡扯出來的吧。由於這在私密帳號上很常見，因此我決定無視。取而代之地，在與我有相同遭遇、發文抱怨的帳號下方回文表示同意。由於對方也立刻做出回應，因此我們稍微聊了一會兒。

當我正樂此不疲時，不知不覺迎來閉館時間。畢竟不能一直待下去，我便收拾行李再度踏上歸途。

最後我回到家門前。只要打開這扇門，我就必須一直待在這個讓自己不舒服的地方。

唉，明明不想回來的啊。

我大大地嘆了口氣。

艾莉姆

高中二年級。
出身上流家庭，品行端莊的大小姐。被拿來和優秀的妹妹比較，受到嚴格的教育。

說 明 書

（VENOM 求愛性少女症候群）

名　　字	艾莉姆
原　　曲	失敗作少女

0	0	2

求愛性少女症候群的症狀與原因	由於與妹妹相比，受到雙親的冷淡對待、在家沒有容身之處，因此不想回家的心情日漸強烈，玄關變得無法連接室內，打開門也會一直向外徘徊。
かいりきベア的說明	希望能作為心愛的孩子誕生，悲傷少女的下場。
名字的由來	由於艾莉姆也有「教育」的意思，因此包含飽受身為千金小姐的「教育」意義在。

VENOM

◆誇耀膚色的少女想被人肯定

「你說泳裝嗎？」

「沒錯。為了接下來的夏季做準備。」

面對「要不要試著參加泳裝雜誌的企畫，擔任讀者模特兒呢？」這個提議，我一瞬間皺起眉頭。這是因為穿泳衣這件事，使我立刻聯想到必須裸露肌膚的緣故。雖然我立刻露出掩飾用的笑容，似乎還是被察覺到了。不過他笑著要我不必擔心。

「別擔心、別擔心。這不是什麼奇怪的案子，而是來自泳裝製造商的正式委託。妳看，應該曾經看過這個商標吧？」

與其說是懷疑內容，倒不如說只是沒想到自己會接到這種類型的工作就是了……算了，對方這麼想正合我意，就直接配合他說下去吧。

「什麼嘛！既然是這樣就太好了！」

我直接拿起遞過來的文件，上面的確印有我看過的商標。啊——這是我去年沒選上的泳裝品牌。雖然設計上不太合我的喜好，但商標很可愛，所以我有印象。

「我的確曾經看過這個商標。搞不好去年和家人一起去海邊時，穿的就是這個品牌的泳裝呢！」

我對此明明應該興致缺缺，還是和平時一樣講出奉承的話語。

我真是個可怕的人。

「是嗎？那還真是可靠呢！小娜妳的身材很好，穿上泳衣拍照也一定很上鏡！」

「真的嗎？」

「妳的身體曲線在同齡之中已經算十分出眾，有自信一點！」

「好、好的！」

受到稱讚令我很開心，我反射性地老實點點頭。儘管說不定只是場面話，我仍然有點害羞。

「話雖如此，以妳的年紀要裸露肌膚應該會覺得很不安吧？而且我認為這也和雙親的教育方針有關。一個星期之後再給我答覆就行了，可以請妳考慮看看嗎？」

「知道了，我會好好考慮的。」

「嗯，那麼下週見嘍。如果妳願意在不勉強自己的情況下挑戰看看，我會很高興。」

「是！」

我將文件放進後背包，離開了事務所。

我在稍微遠離事務所一段距離的地方，垂下肩膀嘆了口氣。

究竟真的是看上了我的身材？還是因為身為一般模特兒的評價不佳才要轉換跑道呢？正因為無法確定這點，所以我一直很在意。

最近我作為讀者模特兒的活動明顯陷入了低潮。雖然一開始能夠奪下大版面，但現在並非如此。證據就是上個月刊載的照片，甚至能創下至今版面最小的紀錄。不管我怎麼思考，這正是不被需要的表現。

而這時候出現的，是泳裝模特兒的委託，當然會產生不好的想法。但我也隱約察覺到，要是不接受或許就沒有退路了也說不定。

雖然不清楚其他人的情況，我媽應該會用一句「感覺很有趣」之類的話爽快同意吧。

話說我才剛說完，她立刻就同意了。速度與我說想要和朋友一起學書法時差不多。或許對她而言，兩件事都差不多也說不定。

「體驗不同事物是件好事啊。如果小娜願意，試試看不也挺好的嗎？當然，我不會強迫妳啦。」

這天她仍舊拋出這句重複過無數次的話。

既然如此，問題就只剩下我的想法了。

我個人其實很不想做。就算被人稱讚身材好，在眾人面前裸露肌膚還是很難為情。被印成紙張留在世上這點也讓人坐立難安。
可是，我更討厭就這樣失去讀者模特兒的身分。雖然我現在還只是眾多讀者模特兒之中的一人，總有一天我想成為能夠漫步在伸展臺上的出色模特兒。就算是為了這個目的，我也必須留在這個領域才行。
「請務必讓我試試看這個企畫！」
既然要做，就要做得澈底一點！
我抱持這種想法穿起遞過來的泳裝，面對鏡頭盡力擺出姿勢。

○

從拍攝結束到刊載的雜誌出版，比預期來得快上許多。
我在放學路上買下雜誌，連忙趕回家放在桌上。雖然緊張不已的我對於是否該翻開雜誌稍微有些猶豫，還是下定決心翻開特輯頁面。
「哇……！」
雖然其他擔任讀者模特兒的孩子也在上面，但跨頁照片上有我的身影，占據的版面毫無疑問是至今為止最大的。由於太過開心，我忍不住揚起嘴角。話說我在這些人之中身材是最棒的吧？拜此所賜，我占的畫面比例大上許多。不妙，太令人開心了。

我懷著這樣應該能稍微引起話題的想法，在社群網站上試著自搜一下，能看見關於自己的文章比平常更多。雖然當中存在一些批評，更多的是正面的評價，這讓我十分開心。特別令人高興的是，其中還出現了幾張截圖。

「泳裝真棒……！」

雖然起初很不願意，實際嘗試後才知道並沒有那麼令人害羞。不僅如此，還得到了至今從未有過的迴響。

既然如此，這個夏天只能專心當泳裝模特兒了！

我想讓更多、各式各樣的人都認識我！

「咦？已經沒有泳裝企畫了喔。」

我帶著這個想法，試著詢問雜誌編輯是否還有在募集泳裝模特兒的事情後，得到了這樣的回答。

「咦？」

充滿幹勁的我不禁眨起眼睛。

「唉呀～那其實是跳脫以往的特殊企畫啦，所以暫時不會再有了喔。如果反應不錯，明年也有繼續推出的打算就是了。」

「這、這樣啊。」

面對這預料之外的情況，我知道自己的聲音明顯變得失落。換作平時我都會立刻加以掩飾，今天的我甚至忘了這麼做。

「既然小娜妳那麼積極，明年或許也會麻煩妳喔！」

「啊，好的！可以的話就太開心了！」

「嗯嗯嗯。還有啊，關於下一個希望妳能露臉的企畫……」

雖然對方這麼向我提起其他企畫的話題，卻完全無法進到我的腦海裡。

或許再也得不到那麼大的迴響了——這個想法占滿我的腦內。一想到那可能變成現實，我就害怕得不得了。

一旦得到大量的關注，就再也無法因為小小迴響而滿足，只會一味地追求更多目光。

不死心地想得到更多關注的我，開始調查有沒有其他手段能夠吸引到相同程度的關注。因為調查了許多與泳裝或裸體相關的內容，那時搜尋紀錄上肯定都是些讓人以為是男高中生的露骨關鍵字吧。雖然智慧型手機本身設有密碼，應該不會被人看到，但還是不安到每天都會刪除搜尋紀錄。

於是我最終抵達社群網站中名為「私帳」的領域。那裡每天都會出現大量不分男女的裸露照片，也存在不少對這種過激行為感到高興的人。雖然對於自己這種「想透過裸露博取關注」的慾望原來很普遍這件事感到有些沮喪，同時也因為得知或許能夠輕易獲得反應一事感到開心。從我的身材看來，應該能吸引到更大的迴響，更何況我還是個女高中生。

『大家好！雖然完全不懂什麼是私帳，但還請多多指教♪』

辦好帳號之後，我用輕鬆嘗試的心情將掀起裙襬、看似能窺見自己珍藏內褲的照片刊載上去。雖然用制服的裙子也行，但為了減少會暴露身分的要素，我將裙子換成個人服裝。即使如此，刊載的瞬間依然獲得不小迴響，每一則回應都相當親切。

見到這些可說是充滿歡迎之意的回應，我認為自己的容身之處就在這裡。

○

自從開始用私帳已經過了幾個月。雖然上傳自拍照的頻率並不高，追蹤數和回文數量持續不斷增加。有空的時候打開帳號來獲得滿足已經成了我的慣例。每當上傳照片，追蹤數就會迅速以秒為單位增加的光景，不管看幾次都不會膩。

可是我將私帳劃分成興趣來經營。正因為如此，我在高中期中考試的成績總是能名列前茅。雖然偶爾會翹掉囉嗦個不停的煩人課程或體育課，但這些不良行徑從來不會反映在考試成績上。只要課業成績好，媽媽和老師們就不會多說什麼。

這是在高中生活中，某天我擔任值日生時發生的事。

雖然我因為嫌麻煩很想翹掉，由於看過翹掉的同學被級任導師罵得狗血淋頭的模樣，所以我沒能那麼做。在這個情況下，挨罵毫無疑問會讓事情變得麻煩，因此我無奈地做起寫日誌或擦黑板之類的事。

接著放學後，我寫好日誌交給級任導師。之後只要扔完垃圾就能回家了，於是我背起後背包，往垃圾場的方向走去。

垃圾場位於校園內側的後方，只要抄捷徑跳窗來到戶外，就會看到用白色磁磚鋪成的道路，因此我直接穿著室內鞋走了過去。模仿其他人隨手扔掉垃圾之後，沿著來時的道路往回走。

就這樣回家之後要做什麼呢？差不多必須思考新的自拍照構圖了呢。老是用類似的方式拍攝，會讓人看膩呢。話雖如此，如果隨便擺個姿勢，又會馬上吵著說是在模仿別人。明明大多數人都只有在觀看而已，真是任性。

雖然剛開始時覺得這裡是我的容身之處，最近就連社群網站也像是有隔閡似的，令人覺得麻煩死了。就算這樣，我還是沒有萌生退出之類的想法，可見我深受影響呢。

正當我心不在焉地思考這些事情、試圖打開窗戶的時候，窗戶很奇怪地開不了。甚至可以說是一動也不動。

「咦……」

仔細一看，才發現裡面已經上了鎖。

「騙人的吧？」

只不過暫時關上窗戶，就會立刻被人上鎖嗎？

「不妙，這下慘了。」

因為是只用來上課的道路，感覺不會有任何人經過。完全陷入混亂的我為了引起別人注意，拚命地搖晃窗戶。

「誰、誰來救救我……」

但是窗戶內果然沒有任何人經過的跡象。內心被不安占據的我忍不住哭了出來。

「來人啊！」

「冷靜點。」

「噫！」

當我開始覺得自己一輩子都回不去的時候，背後忽然傳來聲音，使我雙肩不禁顫抖了一下。當我戰戰兢兢地回頭一看，發現背後站著一個身材高大的男人。從表示學年的裝飾顏色看來，他應該是學長。不過他究竟是從哪裡出現的呢？

「不必這麼害怕……好像沒辦法呢。畢竟妳一定覺得不知為何就被關在外面了嘛。」

學長面帶苦笑地拿出鑰匙，碰觸窗戶打算開鎖。

「還好我剛好在附近呢。聽到窗戶搖晃的聲音就覺得搞不好是這樣，果然跑一趟是正確的。」

他的手法相當熟練，讓人覺得他一定是學長。

「從樣子看來，妳應該是一年級的，自然還不清楚這裡的詳細結構吧？到習慣為止好好加油吧。」

要我加油……不就只是這裡的鎖長久以來都很不穩定嗎？明明覺得校舍很漂亮才選擇這所學校就讀，這缺陷還真誇張。振作點啦，學校設施。

「好了，打開嘍。」

「哇……那個，謝謝你。」

因為受人幫助，我老實地道了謝。

「只要壓著往外推就能打開了喲。就算是最壞的情況，也可以從這裡進入玄關。」

學長手指的方向正是我在回家路上總是會見到的樹。看來這座垃圾場似乎就位在玄關牆壁看不到的位置。我頓時對剛剛陷入恐慌的自己感到難為情而低下頭去。

「怎麼了？是在外面待得比預料中久，身體不舒服嗎？」

「啊，不是的。」

由於難為情的模樣被誤認為身體不舒服，我為了訂正而抬起頭來。接著我發現學長的臉莫名地靠得很近，忍不住向後退了幾步。

「我、我不要緊。」

「是嗎？那就好。」

眼前那張臉非常清秀，使我不禁看得入迷，這種事我怎麼可能說得出口。

他如同自己得救般看起來很開心的笑容也顯得閃閃發光，十分耀眼。

簡直就像他的溫柔直接呈現在表情上一樣——雖然這種想法過於詩情畫意，大概會讓人覺得很肉麻，但我依然忍不住產生了這種想法。

「啊，那麼我就先走一步了！」

我從窗戶進入學校，朝玄關小步跑了過去。

「下次記得小心點喔～！」

接著聽見非常洪亮的聲音。

要是耳邊傳來這種聲音，肯定會覺得非常棒吧。

……呃！我到底在想什麼啊！

我在位於玄關的鞋櫃前自然而然地按住自己的胸口，心臟就像全力奔跑過後猛烈地跳動著。雖然我內心不敢相信這是真的，但心跳聲證明這並不是謊言。

這大概就是戀愛吧。雖然應該有人會懷疑，真的會就此墜入愛河嗎？但實際上就是成真了。無論是什麼形式，該戀愛的時候就是會戀愛吧。

不過雖然正面看到了他的臉，卻沒能詢問他的名字。因為留著短髮，所以是加入棒球社之類的社團吧。我這麼想，將校內看似加入運動社團的人的社群帳號查了個遍，終於找到當天那名學長的帳號。

「原來是小崎裕二學長啊……真棒的名字。」

雖然覺得這麼輕易就被找到很不小心，不過對我來說正好。雖然發文的次數很少，還是能從與朋友的對話中看出就是他本人。

學長是籃球社員、興趣眾多又交友廣闊，最重要的是很溫柔。但由於他似乎對誰都會展現溫柔，因此才會和上一位女友分手，現在是單身的樣子。

我認為這是個好機會，打算藉此和他交流，卻因為不知道該如何開口而煩惱起來。

雖然認為對他說要為之前的事道謝是最安全的做法，但覺得明明沒告訴任何人，卻被找出帳號的事會嚇到他而作罷。

這麼一來，我想不到能夠和他有所聯繫的方法。彼此身分是學長和學妹，生活的領域不同，相遇的機會也很少。況且就算遇見，那種小事大概也不會讓他發現是我。

該怎麼辦，完全搞不懂……這張照片上的學長還真帥耶。

我一邊看著學長的社交帳號一邊思考，突然間有了靈感。

要試著顯眼一點嗎……？像是穿得性感一點之類的。

但他應該不是會因為這種方式上鉤的人，儘管覺得會的話好像有點討厭，但我也想不到比這更好的方式了。兵貴神速，我從制定計畫的隔天就將制服的釦子解開好幾個，並逐漸縮短裙子的長度，還開始戴起小型的裝飾品。

「不覺得娜娜同學最近給人的感覺變了很多嗎？」

「果然有變對吧！就是那種徹頭徹尾的辣妹感！」

「為什麼會突然轉變成那種風格啊？」

「不就是去做援助交際，得到了買首飾的錢嗎？」

「感覺就是耶——！」

全都聽到了啦。

或許是因為原本就被孤立的關係，有人立刻就在背地裡說我的壞話。不過我不在意。我在意的只有學長的評價而已。如果是那個溫柔的學長，一定能夠察覺我內心真正的想法。可是我們不僅沒機會碰面，甚至無法產生聯繫。

我不耐煩到了極點！為什麼我不能早一年出生啊！

『期待大家按讚喔♡』

為了抒發這份壓力，我將自拍照上傳到私帳上，藉此滿足自己逐漸增加的認同慾求。一想到有可能被學長看見就害怕到想將私帳刪除，可是自拍的頻率不斷增加，行為矛盾到連自己都覺得傻眼。

就在這時，我仔細端詳自拍照才發現自己的瞳孔變成了心型。

「這是什麼？」

明明沒做過這種加工才對。就算想當作錯誤嘗試修改，也完全拿不下來。正確來說，是在沒有任何後製的情況下變成了心型。難道說——

「咦、咦？」

往鏡子裡一看，我發現就算沒有後製與戴上角膜變色片，瞳孔依然出現心型圖案。

這是什麼？

我連忙拿起智慧型手機開始查詢，發現幾個和我產生類似症狀的人。那些人都說是得了「求愛性少女症候群」。雖然曾經看過這個症候群的名字，卻從來沒想到竟然會發生在自己身上。或者該說，原來會這樣發病啊。這簡直就像……

「咦？那是什麼？」

「角膜變色片……？應該不可能吧？」

隔天走進教室的時候，我感覺到同學之間掀起了騷動。

「總覺得……打扮得像是在引誘人呢。」

「啊，我說不定知道。是終於開始做起風俗業了嗎？」

「雖、雖然有可能，但這不是該在當事人面前說的話啦！」

聽見某人這麼說，我在內心表示同意。這看起來很像在社群網站上暫時成為話題的淫紋。也因為這個緣故，上面也開始傳出我是個婊子的傳聞。我在與學長有所聯繫之前，就有了巨大的改變。雖然很想相信這個狀況不要緊，從至今遲遲無法取得聯繫的狀況看來，他或許在躲避我也說不定。因為總覺得要恢復原樣很可怕，周遭的評價便逐漸惡化，依賴私密帳號的程度也不斷增加。

啊，這麼說來，我今天還沒上傳照片呢。

午休時我坐在長椅上，一邊喝著從自動販賣機買來的草莓牛奶，一邊煩惱該上傳什麼樣的照片。嗯——因為每張都有點差強人意，回去之後再拍吧。

「對不起！」

能恢復嗎……？

話說，咦？怎麼回事？

因為聽見格外響亮的道歉聲，我將目光從智慧型手機上移開，抬起頭來。

一名看似千金小姐的一年級女孩與某人撞在了一起。

娜娜

高中三年級。
身兼讀者模特兒，是學校裡的名人。自我意識強烈。

說明書

(VENOM 求愛性少女症候群)

名字	娜娜
原曲	Darling Dance

003

求愛性少女症候群的症狀與原因	一旦發生與憧憬的學長處得不好之類會傷害自尊的事情，瞳孔就會浮現愛心圖案。
かいりきベア的說明	對本命偶像沒有實現的心意、無法復原的骯髒自我、受到「可愛」詛咒的戀愛奴隸。即使如此，她依然不斷在夜裡跳舞。
名字的由來	引用歌詞之中「無無（NANA）」的部分。 另外也從一本描寫不斷俘虜男人的妓女故事，名為《Nana》的法國小說中得到靈感。 （註：「娜娜」的日文發音即為NANA。）

VENOM

啊，太好了。勉強趕上了……

我鬆了口氣，拍拍自己的胸口。

我完全忘了必須在午休前把報告交出去這件事。假如相澤同學不讓我抄的話，我現在應該正在挨世界史老師那相當煩人的訓話吧。能逃過一劫真是太好了。

僅限今天，我覺得相澤同學就像神。

身上也帶著零錢，就買罐她喜歡的可可亞給她吧。沒想到昨天心情大好的爸爸正好給了我臨時的零用錢！或許這筆錢就是為了用在這時候也說不定，順便也幫自己買個草莓牛奶吧。想到這裡，我便快速朝自動販賣機走去。

沒想到因為太著急，差點就要跟人相撞了。這應該是因為交完報告的安心感，導致我完全大意了吧。

而且仔細一看，才發現對方是屢屢成為話題的艾莉姆同學。該怎麼辦！

接下來要上第五堂課，如果身體不舒服的話，我會很困擾耶！而且周遭的人都在看著，實在不想做出太誇張的疼痛表現！可是，看起來好像躲不掉……！

許多想法在撞擊前閃過我的腦海，使我陷入恐慌。

「對不起！」

我忍不住放大音量道歉，下個瞬間猛然撞了上去。

可是沒有產生任何以往的不適感，只有肩膀位置傳來碰撞的疼痛而已，那股感覺本身也不強烈。

「……咦？」

為何什麼事情都沒發生呢？

「……妳沒事吧？」

我感到疑惑地呆愣在原地，艾莉姆同學面帶不安地偏著頭。與此同時，我知道周圍的人都正看著我。因為是午休的自動販賣機前，這裡到處都是人群。

沒想到就連因為水性楊花而出名的娜娜學姊也在人群之中。她那充滿好奇心、試圖一探究竟的視線使我坐立難安。

「我、我不要緊！請別在意！」

察覺到是因為剛剛的道歉聲大到不自然的關係，我連可可亞都沒買就離開現場。雖然身後傳來疑似風紀委員說的「請不要奔跑」的聲音，但我現在管不了那麼多。

臉頰好熱，真想找個洞鑽進去。真是的……接下來一個星期我絕對不會再抄作業，請別再這樣對我了，神明大人。實在是害羞得要死啊！

最後我直到回家時，才在玄關的自動販賣機買了可可亞遞給相澤同學。

見她面帶笑容地收了下來，我心裡也好過了點。

「謝謝妳！如果能像這樣收到喜歡的飲料，借人抄作業似乎也不壞呢。」

「不不不，我已經不打算再抄了，沒問題的啦。」

「真的嗎？畢竟小露妳有些地方其實很粗線條嘛。」

「或、或許是這樣沒錯啦……」

我含糊其辭地做出回答。她說得或許沒錯，但我實在不想被相澤同學這種明顯少根筋的人說這種話。儘管這句話不可能說出口，但也不代表我打算對她說三道四。由於無法忍受沉默，我拿出智慧型手機確認時間。

接著刻意「啊」的一聲叫了出來。

「抱歉！我得回家了！」

我實在無法說出「今天有我期待已久的電視劇重播喔！」這種話。

「啊，這樣啊？那麼明天見嘍！」

「嗯！明天見！」

我就此踏上歸途。先是短暫地跑了一會兒，直到她應該看不見我之後才開始慢慢走。雖然重播的確是事實，但就算用走的也趕得上，所以沒有問題。

我在不久後回到家中。

「我回來了～」

「歡迎回來。」

原以為沒有人在，卻聽見了媽媽的聲音。這麼說來，她好像說過今天會早點回家的樣子。由於即使如此也沒什麼大不了的緣故，所以我並不怎麼在意。

「今天過得如何？」

聽見聲音的我朝客廳看了看，發現媽媽穿著圍裙坐在電視機前面，大概是正要開始準備晚餐吧。

「沒什麼，普普通通吧。」

「沒錯，普通才是最好的呢。」

我一邊聽著媽媽和平常一樣的答覆，一邊走回房間。接著放下後背包拿起智慧型手機，隨後就這樣回到客廳，像是和前往廚房的媽媽換班似的在電視機前坐了下來。

今天好像是延續上週前篇的解決篇。雖然上星期看的時候覺得被害人的妹妹很可疑，但如果犯人是她就太明顯，應該不需要推理。也就是說犯人肯定另有其人，不過這方面還不明確。

對了、對了，事件的開端是因為發生了原因不明的疼痛……

「啊……」

雖然很想專心看電視劇，但無論如何都會聯想到自己身上。這麼說來，上星期也是這種感覺，內容完全進不到腦海裡。

原因不明的身體不適……我被一般人碰到時發生的狀況正是如此。不僅會感到疼痛，有時還會覺得頭暈或噁心。

而我發生這種事的頻率很高，實在難以忍受。不論多麼不願意，依舊找不出也想不到解決辦法。自從國中三年級後半開始有症狀之後，已經持續了半年左右吧。比我人生中唯一交往過的男朋友還要久，真的非常討厭。

最近脖子附近開始浮現顏色接近粉紅色的紅色記號。以目前來說，這是最容易看出患有「求愛性少女症候群」的證明吧。因為試著調查症候群之後，找到許多帶有這種記號的照片。雖然有些人認為包含記號的事情在內都是都市傳說，可是既然自己身上也出現了，就無法斷言這種症候群只是純粹的都市傳說。

這是實際存在的奇特症狀。

『如果真的只是都市傳說就好了。』

我忍不住在私帳表達不安。但是這方面的話題與以往不同，幾乎沒有人回應。這是因為大家都知道，既然和都市傳說有關，那麼就算討論也沒有任何意義。

即使如此我還是不吐不快。我將那些回應當作是來自擁有同樣想法的人說的話，藉此安慰自己。

大家都很難過吧。雖然難過，但也要努力活下去喔……

這些暫且不提，有件事讓我很在意。

據說與人接觸時產生的症狀，若是面對同樣患有症候群的人會較為輕微，或是完全不會發生。只當作傳聞的話就到此為止，但與艾莉姆同學相撞時的確什麼事情都沒發生。雖然忐忑不安地上完第五堂課，但途中並沒有去廁所或保健室。

我在午休時因為太過緊張沒想到這件事，或許艾莉姆同學也一樣患了症候群也說不定。既然千金小姐也會生病，也就表示跟是否使用私密帳號沒有太大關聯嗎？還是說，她其實也有用私密帳號……？嗯——實在難以想像。啊，不過有錢的女性總是給人暴露的感覺，會是在經營那方面嗎？不過從艾莉姆同學的樣貌看來，果然很難想像她會那麼做。

難不成只是剛好沒有引起症狀嗎……？如果是這樣也太剛好了，真是充滿謎團。

「大家知道最近在社會上引起話題的『求愛性少女症候群』嗎？」

剛好就在這個時候，電視傳來這句話。看來電視劇已經在不知不覺中播完。廣告結束後，好像會有關於症候群的介紹。反正那肯定是因為有趣，才會拿來當成話題吧。雖然內心早就充滿放棄般的想法，但我因為很在意，就這樣看完廣告等待節目開始。其中也包含「想知道是什麼樣的人不惜刻意上電視也要介紹這種東西」的想法。

廣告結束後，伴隨著文字與旁白的解說內容便開始。

「所謂的『求愛性少女症候群』，是主要發生在十幾二十歲女性身上的神祕現象。」

那是一段讓人覺得從網頁上節錄下來、我見過無數次的敘述。

「其症狀種類繁多，從無法說謊之類相對輕微的症狀，到手腳無法動彈等嚴重的病癥都有。另外，似乎也會發生視力與聽力變好等讓人覺得『這不是件好事嗎？』的症狀。而病人的共通特徵，據說是身體的某個部位會出現粉紅色的記號。」

由於症狀曖昧的緣故，明明是新聞卻無法做出結論。

「這次我們找來一位症狀不輕不重的病患詢問情況。」

一名完全就是女性打扮的人遮住臉出現在畫面上。

「我的症狀是只要達成某項條件，手就會變成透明……」

聲音也經過後製，看來是藉此保護她的隱私。

因為對女性說的話不感興趣，於是我打開社群網站，調查有沒有和我觀看相同節目的人。首先出現的動態上，就是與新聞相關的貼文。

『因為求愛性少女症候群的關係，私密帳號上新聞了啦。都加上「私密」這兩個字了，她難道不知道這是不該隨便拿出來講的事情嗎？』

說得沒錯！

就是因為不懂，才會有人上節目吧。真是氣死人了。

「最近那個不知道叫什麼名字的病很流行耶～」

不知何時回到家的弟弟這麼說並轉臺。

「等……！幹嘛轉臺啊！」

我因為突然發生的事感到吃驚的同時，為了搶遙控器而站起身。可是手碰不到。這是因為弟弟的身高最近突然猛烈增加的緣故。發現我碰不到之後，他從容不迫的笑容更讓人火冒三丈。

「就是因為沒興趣，才想轉臺看其他節目啊。」

「啥？」

「又沒關係。難不成妳相信這種像是都市傳說的事情嗎？」

「才、才不是呢……！」

雖然我正因為他擅自轉臺感到生氣，又覺得講出來很孩子氣而有所顧忌。

「那到底是怎樣啦？」

「怎樣都無所謂吧！」

當爭吵不知不覺逐漸白熱化的時候，媽媽表情不悅地介入。就跟以往一樣。

「好了、好了，到此為止。」

在我們還小的時候，媽媽要是不這麼做我們就會扭打成一團，這是當時的習慣。

「如果還想繼續，就給我去外面打。」

「才不幹咧，我已經很累了。」

「我、我也不要……晚飯做好再叫我。」

儘管不服，畢竟不能忤逆媽媽，我便直接返回房間。

躺上床後，我大大地嘆了口氣。

自從開始出現症狀之後，便經常像這樣和弟弟吵架。雖然認為是彼此都處於情感纖細時期的緣故，正因為以前感情很好，更讓我覺得果然都是生病害的。

想趕緊做些什麼……！

必須在討厭一切之前設法解決才行。

就算撞在一起也不會引發身體不適的艾莉姆同學，是我初次碰到疑似患有求愛性少女症候群的同學。雖然千金小姐的身分令人難以接近，但能不能設法搭上話，得到一些情報啊……或許還能發現只有身為千金小姐才能注意到的事。我懷著些許期待，開始思考該如何設法和她搭上話。

「然後呢，我媽就這麼說了！」

「喔……」

「『推翻大人們建立的無聊規則吧』。」

「這不是大人該說的話吧？」

「就是說啊。」

○

今天我也和平常相處的團體成員們一起享用午餐。

但是很稀奇地，田中同學正在聆聽相澤同學興致勃勃說著的話。她似乎不小心忘記帶這時候要看的書。因為這個緣故，我看起智慧型手機來打發時間。

大致瀏覽過不太更新的一般帳號之後，我切換到私密帳號。私密帳號的動態上仍能見到一定程度的人。有像我們一樣趁休息時間發文的人，也有現在才剛起床的人，這是只在私密帳號才能見到的混亂情況。雖然一開始覺得很奇怪，現在我已經習慣了。

首先映入眼簾的是豪華的餐點照片。這個……是最近蔚為話題，那間很難預約餐廳的早午餐嗎？擺盤的方式非常華麗，看起來相當搶眼。一旦看了這種照片，我也開始覺得想找個時間去嘗試看看。由於似乎是平日限定的緣故，要去就必須翹課才行。可是就算會被罵，我也想去吃一次……

當我因為羨慕按了讚，開始滑動動態的時候，一張節儉到極致的午餐照片映入我的眼簾。這個……從各方面來說不要緊嗎？印象中這個人昨天好像因為缺錢之類的理由，正在緊急徵求插畫工作。他究竟做了什麼事，才會缺錢到這種程度啊？雖然不太清楚，但就是會擔心……

然而終歸事不關己，只要滑動動態就會消失不見。只要看不到那則貼文，就跟不存在我的世界裡是一樣的。畢竟他搞不好只是為了引人注目，才會用極度節約的生活來當作話題也說不定。或者該說，我希望事實就是這樣。

此時我再次停下動作看著一張照片。那是一張十分裸露，令我不禁怦然心動的照片。最近變得有名的帳號「琳達🐻」小姐再次上傳暴露度很高的照片。

『今天稍微有點熱呢。』

這種脫衣方式感覺上不只有點熱吧？

明明看起來是在戶外，脫的方式還真誇張。這個人也讓我產生一種總有一天會被逮捕的不安感。不過由於她的身材很好，忍不住就看得入迷了。雖然不會想脫衣服，但會產生想擁有相同身材的想法。我雖然一直在默默努力，卻無法變得苗條，真令人不甘。

既然敢這麼做，就代表她對自己的身材就是這麼有自信吧。

我則是因為沒自信，所以做不到這種事……

「妳在看什麼？」

「哇啊！」

相澤同學突然向我搭話，使我嚇到智慧型手機掉了下去。幸好布製後背包就在下面，所以應該不會受損才對。雖然已經掉過很多次所以有點太遲了，但還是不希望螢幕出現巨大的傷痕或是整個壞掉，就算想買新的也沒有那種錢。我立刻撿起來確認，和剛剛一樣能正常使用。發現沒有壞掉的我鬆了口氣。

「咦？這張照片……」

剛放下心來沒多久，我才想起螢幕上正顯示著女性暴露照片的事。就算立刻加以遮掩，當談到照片的時候，就代表她已經看見了吧。會、會不會被當成變態啊……？

如果是的話，我可是會很困擾。要是被逐出這個團體，之後應該再也找不到容身之處了。我焦急地乾笑幾聲。

「我……呃，不是那樣的。」

腦袋陷入混亂的我連藉口都說不出來。

「這不就是這所學校的屋頂嗎？」

可是她說出我從未想過的事。面對這句出乎意料的話語，我不禁偏過頭。

「……屋頂？」

「沒錯。可以讓我看清楚一點嗎？」

「嗯……」

因為腦袋轉不過來，我便照著相澤同學說的，與她並肩看起智慧型手機。

確實仔細一看，這似乎是某個地方的屋頂。照片上有石製的桌椅，位於中間的花圃裡種著三色堇，還有老舊的柵欄。要說印象倒也不是沒有，但是這種程度的景色，放在其他地方的屋頂應該也不奇怪，她究竟是從哪裡判斷出來的啊？

「妳看這裡，能看見這座城市地標的那座塔吧？」

我仔細端詳相澤同學手指的位置，結果真的看見了那座塔。由於顏色和形狀都很獨特，應該不會看錯才對。

「真的耶……！」

「因為看得見那座塔的學校有限，所以我猜大概是這所學校的屋頂吧？」

「或許是這樣沒錯……」

「我就說吧～？」

不過，能光憑這點就立刻知道還真是厲害。

「照片上明明既小又不清楚，真虧妳看得出來耶？」

「因為我喜歡這座塔，曾經從各種角度拍過照片喔。我想大概是這個緣故吧。」

竟然喜歡那座獨特的塔到會去各種角度拍攝，這興趣真是奇特。

「這樣啊。這是在這裡的屋頂拍的啊……」

但是託她的福，我也知道了一件好事。

也就是說，「琳達🐻」小姐是這間學校的相關人士。不，因為這裡應該沒有身材這麼好的老師，認為與我一樣是個高中生就行了吧。

沒想到身邊竟然有平時也在使用私密帳號的人。明明光是知道這件事就會讓我不禁心跳加速，現在連她此時可能就在屋頂上這件事都知道了。

一想到這裡就停不下來。今天是一旦錯過，就可能再也不會來臨的好機會。不好好把握就太可惜了。

我看向時鐘，發現距離午休時間結束只剩五分鐘。

「小露，差不多該回去嘍。」

「不，我就算了。」

我朝著這麼說的相澤同學搖了搖頭。

「咦？」

她不解地偏著頭，肯定是不認為我會做出這種事吧。

「我要翹掉下一堂課。」

相澤同學瞪大眼睛看著我，而田中同學則是一臉無所謂地注視著其他地方。從她的樣子看來，田中同學應該也翹過課吧。我有這種感覺。

「為、為什麼……？」

「因為我有件事必須去做。」

「可、可是……」

相澤同學睜大的雙眼明顯詢問著：「不惜翹掉課業也不得不做的事究竟是什麼？」那副模樣有點有趣。

「畢竟都自己說要翹課了，大概也不在意成績吧。我們也別多管閒事，走吧。」

聽到田中同學這麼說，相澤同學不久後也同意了。儘管如此，或許還是很不安，她最後依舊擔心地回頭看了我一眼。我硬是朝她擠了個笑臉。

「不要緊的！待會兒見。」

「……小心點喔。」

說完之後，相澤同學才終於離開這裡。總覺得像是傷害了她，感覺不太舒服。明明不必那麼在意別人翹課。
更何況下一堂是那個西村的數學課，就算邀她一起翹課也不奇怪才對。
不不不，現在不是想這種事的時候。
「得走了。」
我將攤放在地上的物品收拾好，朝著和相澤同學她們相反的方向邁開步伐。雖然因為不常去感到有些不安，只要爬上位於角落的樓梯，應該就沒問題了。
目的地是這間學校的屋頂。
沒錯。我打算去跟「琳達🐻」小姐見面。
想見她的理由很單純。因為她的私帳偶爾會投稿像是在暗示有求愛性少女症候群的貼文。或許她也得了這種病也說不定。
我並不知道她是否在那裡。
雖然上傳照片的時間是今天，但拍攝的時間未必就是今天。況且就算真的是今天拍的，她已經回去上課的可能性還比較大。
可是，我的直覺莫名地相信她依然留在那裡。最重要的是，她既然有在經營私密帳號，那麼應該不會抗拒翹課才對。這種想法是不是太偏頗了呢？
思考著這些事情的時候，我來到了屋頂門前。或許是因為本身沒裝好，大門微微地敞開。從門縫中並未見到人影，她果然已經離開了也說不定。雖然確實很遺憾，但這樣對我來說正好，就讓我盡情翹課吧。我懷著一半遺憾一半安心的心情推開門，接著看見有個人躺在地上的身影。

她的背影曲線光滑，光看一眼就清楚知道這個人就是「琳達🐻」小姐。雖然只有一瞬間猶豫著是否該向她搭話，畢竟都走到這一步了，我便豁出去地開口說：

「請問！」

那個背影因為我的聲音顫抖了一下。

「您就是『琳達🐻』小姐嗎……！」

對方懶散地嘆了口氣。因為間隔很長，不好的預感使我的心臟猛烈地跳動，速度變得越來越快，握住雙手的力道也逐漸增強。或許我真的不該過來也說不定。可是，已經無法回頭了。

「明明打算睡一覺，還設了鬧鐘耶。」

最後那個人緩緩地朝我轉過頭來。

「呃，娜娜學姊！」

看到她的長相，我發自內心吃了一驚，同時也覺得能夠理解了。娜娜學姊有著在校內算是相當出色的苗條身材，可說是無人不知。就算以此為傲地裸露身體也不會覺得不搭調，甚至該說因為好到會被人稱作婊子，讓人覺得她就算稍微染指一些過激的行為也不奇怪。不，或許只是我們不知道，其實她真的有接觸，還與危險人士有交流也說不定。

「好吵。」

學姊坐了起來。原以為她會很不情願地瞪著我，她卻露出一副恍然大悟的表情，似乎是注意到了什麼。這是怎麼回事？

「雖然不知道妳是哪位……如果只是很吵的話我會無視妳，不過既然提到那個帳號名稱，我就不能這麼做了呢。」

「咦？」

說完之後，學姊開始用起智慧型手機。咦，她用的智慧型手機殼設計比想像中更簡約呢。既時髦又漂亮，最重要的是和她很相襯，真是厲害……

與我溫吞的感想相反，學姊氣勢洶洶地不斷滑著畫面。看來我似乎讓她十分火大，該怎麼辦？學姊說不定打算動用人脈叫來一群凶神惡煞，他們將會對我動用暴力……

「找到了，這是妳的帳號吧？」

「我的帳號？」

沒想到學姊遞過來的智慧型手機畫面上，竟然顯示著我的帳號！

更難以置信的是，居然還是私密的那個！

「怎、怎麼會？為什麼！」

「哈哈哈哈，看妳很動搖嘛！」

當然會動搖啊！畢竟被至今以為沒有交集的學姊找到社群網站的帳號，而且還是私密的那一個。與其說是吃驚，不如說是害怕。我應該沒有洩漏那麼明顯的個人情報吧……？

「要問為什麼的話，答案很簡單喔。」

學姊愉快地露出笑容，開著我的帳號頁面滑了起來。畫面瞬間閃過我最近幾天發過的文章。娜娜學姊的手指著其中一則貼文。

「這則貼文可以知道是最近的車站。這麼一來，就能鎖定幾間學校了吧？」

她繼續滑動畫面，顯示出其他貼文。

「然後是這個。雖然妳大概是打算拍攝店面，但玻璃上隱約反射出妳的頭。照片上的髮飾，跟妳現在戴著的一模一樣對吧？所以，只要仔細看就會知道了。」

「真、真虧妳記得這張照片呢……」

「只是偶然，運氣好罷了。」

接著學姊像是想表達這是最後一點，用力地指著我追隨名單裡的學姊帳號。

「不過，關鍵還是妳在不知道我是誰的狀況下按了追蹤吧。因為我其實意外地常看追蹤者的發文，所以看了妳的帳號，馬上就猜出妳是這間學校的人了喔。」

「的、的確是這樣沒錯……」

因為她經常回文，所以我想她真的有在關注我的文章。或許娜娜學姊是個比想像中更細心的人也說不定。

「另外，包含妳罹患了求愛性少女症候群的事情也一樣。」

聽見這個詞彙，我全身顫抖了一下。既然有在看我的貼文，那麼就算看見我偶爾對症候群發牢騷也不奇怪。可是不僅受到關注，還被點破關於症候群的事，果然會像是被掌握弱點般讓人繃緊神經。

「我也一樣喔。」

學姊一邊這麼說，一邊撫摸起自己的眼角。她的眼裡浮現出明顯的心型圖案。

不過這件事我早就聽說過，實際上也看過好幾次，所以並不吃驚。

「……我知道。因為大家都在傳。」

「也是啦～高中生分享情報的速度真的很異常耶。」

「不不不，學姊不也是高中生嗎？」

「嗯～大概是被同學排擠，所以看開了吧。」

「居然說看開。」

人一旦獨處，就會變成這樣嗎？要是我也孑然一身，就會變得看開一切嗎？如果是這樣，就覺得獨處更可怕了……

「不過，那些根本無所謂。重點在於，要不要和我一起設法解決這個症候群？」

「解……決……？」

面對這意料之外的話語，我不禁偏過頭。學姊簡短地點了點頭。

「做得到嗎？」

「不知道。但總比什麼都不做來得好吧？」

「或許是這樣沒錯……」

「畢竟這症狀超煩人的嘛。『要是這種病消失就好了』，妳難道沒這麼想過嗎？」

「……確實曾經想過。」

雖然想過很多次，被人這麼提議還是無法掩飾自己的驚訝。就算想要改變，要實際展開行動也很困難。雖然這不是理由，但我並沒有展開行動。

重點是，她的提議簡直像是一開始就知道事情會變成這樣。雖然對我而言正好，但是有點可怕。

「那不就行了？就和我一起同心協力……這樣說好像有點噁心耶。嗯～……啊，就當作共犯吧！就是彼此互相利用的關係！」

感到不安的我，向毫無意義地煩惱名稱，最後擅自做出結論的學姊插嘴說：

「難不成學姊就是在等我來嗎？」
「怎麼可能。只是因為偶然來到這裡的人，是個剛好知道私密帳號，還剛好得到症候群的孩子，所以在想能不能利用。」
「還真是自私耶！」
「這是因為人家打算睡覺的時候被吵醒了啊。」
「那個，對不起……？」
「不用勉強自己道歉啦～話說，沒有敬意的敬語很噁心，所以別那樣說話。直接叫我的名字也行喔。」
「咦？」
「雖然不必勉強這麼做，但這樣彼此也會比較輕鬆吧？」
「……是這樣嗎？」
「嗯。」
因為至今都隸屬於運動社團，所以我從未用平輩的方式和學姊交談過。說到底，最近我就連跟同學說話也幾乎都使用敬語，會讓人猶豫是否真的該改口。
不，可是啊……畢竟她本人都這麼說了，也不是社團活動那種受到局限的交流，就算得罪這位學姊也不會對人際關係造成影響，就豁出去試試看吧。

「那、那我就不客氣嘍。」
「嗯，請自便～」
「就算現在要我改口，我也不會理妳喔？」
「不必擔心啦。或者說這樣比較自然，所以好多了。」
我表現得就那麼沒有敬意嗎……不過，就算要尊敬被人稱為婊子的學姊，應該也很困難吧。
「更何況，妳應該不想和罹患這種症候群的人打好關係吧？還是說妳願意？」
因為對立刻回答感到猶豫，於是我過了一會兒才搖了搖頭。
「沒錯吧？」
「不過，具體而言該怎麼做呢？」
娜娜先是吃驚地睜大眼睛，接著笑了出來。
「不妙，我還沒想那麼多耶～」
正因為她突然露出的笑容很可愛，這句話更令人不爽。
「真是的，拜託認真點啦。」
「就算這麼說，妳也沒辦法臨時想出什麼點子吧？」
因為被她這麼說令人不甘，我設法動腦開始構思，並無視眼前那像是在說「果然想不到吧」的表情，盡可能地思考各種可能性。過了一陣子，想到類似方案的我揚起嘴角回了個笑容。
「首先……不是該彼此交換情報嗎？」
「這或許有道理。那麼，就從提議的人開始吧？」
「不、不是應該從接受提議的人開始才對嗎？畢竟妳什麼都沒想到嘛。」
總覺得先公開自己的情報有些不利。而她或許也察覺到這件事，只是面帶笑容地催促我說下去。雖然因為覺得不能在此讓步而開口拒絕，但也漸漸開始找不到反駁的話語。
面帶笑容注視著無話可說的我的娜娜真是可恨。
雖然從剛才開始就一直這麼想，但娜娜真的很會說話。要是再這樣下去，恐怕會單方面被她拿走好處，得小心點才行。
話雖如此，現在的感覺就像是我輸了一樣。沒辦法，就從我開始說吧。
「……我的症狀，是只要與人接觸就會身體不適。」
「唔哇，那還真是可憐。」
「我說啊，妳肯定完全沒這麼想吧？」
這或許是我第一次聽見這麼不帶感情的「真是可憐」。
「唉呀～我是真的覺得很可憐喔。畢竟我知道一旦與人接觸就會身體不適的話，日常生活肯定會很不方便嘛。」

「如果是那樣就好了。」

「不過我有點在意不舒服的形式耶。肯定不只被碰到的部位會痛而已吧？」

「說得沒錯。不只被碰到的地方會莫名地變得很癢，甚至連完全無關的頭和腹部有時都會感到疼痛。」

「妳確定那不是某種嚴重的疾病嗎？」

「我也想過或許有這個可能，父母也會擔心，所以去做過精密檢查了喔。但檢查結果一切正常，才會覺得是求愛性少女症候群。再說也長了記號。」

「記號的位置在哪裡啊？」

「被衣服遮住的地方。」

「妳不覺得遮遮掩掩的反而更像淫紋嗎？」

「吵死了！長在脖子上啦！不會給妳看就是了！」

「在脖子上啊。大概是長在勉強看不見的地方吧。」

「沒錯。所以要遮住得費一番工夫……」

啊，或許講太多了也說不定。但就算這麼想，說過的話也無法收回。

「那麼下一位，輪到娜娜了。」

我重振心情，心中暗自鼓起從娜娜身上好好套出情報的幹勁。

「我的症狀是瞳孔會浮現心型圖案，我想這個圖案應該就是記號。或許同時還有其他症狀也說不定，但目前看來並沒有感到任何不便，就是這樣。」

「哦……」

如果是這樣，症狀還真是相當輕微。雖然看起來的確很像淫紋，但也和她這副態度脫不了關係吧。真想和她交換。

「幹嘛？」

「……聽說那是被玩弄的『乾爹』們的怨念耶？」

基於好奇心，我試著講出傳言中的某種說法。畢竟至今都被她玩弄於股掌之中，這是回禮！

接著不知為何，娜娜臉上的表情瞬間消失。原以為她會笑著帶過的我因為這意外的反應吃了一驚。隨後她擺出一副欲言又止的樣子，卻又一言不發地恢復成原本的表情。

「……這是哪來的情報？加油添醋也該有限度吧？」

「雖然忘了是在哪裡，不過曾經聽說過就是了。」

加油添醋是指什麼呢？

「別把這種無聊的事當真啦。」

「不，這是被傳出謠言的人不好。」

「我也不是自願被人傳出謠言的。」

「誰知道啊！」

就在這時，第五堂課結束的鐘聲響起。雖然娜娜完全沒有要移動的意思，但我必須去上下一堂課才行。我明明還想多問點東西！

大概是看懂了我的表情，娜娜微微露出笑容。

「午休之後的時間我大致上都在這裡，如果有什麼事就過來吧。」

「這樣啊！那我之後再來！」

雖然回了話，但總覺得這種說法太過友好，於是我在奔跑途中回過頭並加以否定。

「但是！這不代表我絕對會來喔！」

沒錯。畢竟不可能翹掉那麼多課。那樣不僅會影響成績，我也不想因為聽不懂上課內容而考不好！

「嗯，我有時候也不會來就是了。」

這句話並未傳進我耳中。

○

與娜娜見面之後又過了幾天。每當在私密帳號上看見她，我就會想起那天的事。原來真的有人會經營這麼暴露的帳號啊。而且那個人和我就讀相同的學校，還在不久之前認識。每次想到這件事，都有種不可思議的感覺。

雖然她說有事可以去找她，但並未發生什麼特別的事。因為事實就是這樣嘛。畢竟幾乎每天都在學校，就算偶爾放假也都在滑智慧型手機、睡覺與寫作業中度過。想在這些事情中得到症候群的新情報還比較困難。

即使姑且試著和被我擅自認為可能患有症候群的相澤同學等人提過，但她們對此並不感興趣。就算事實真是如此，她們大概也不會積極談論。不曉得是哪個人說過，但大多數人應該都抱持著「既然被稱為求愛性少女症候群，那麼就相信脫離少女身分時會痊癒，乖乖忍耐」的想法。

雖然猶豫是否該在沒有任何新發現的情況下去找她，但這天的課程實在太過嚴苛，我像是想從中逃離似的前往屋頂。反正馬上就要放學了，在那之前就讓我好好偷懶一下吧。

我推開屋頂大門，發現娜娜好像在閱讀某種雜誌。

「啊，在在在。」

「妳又來啦？」

她頭也不回地這麼說。

「說有事情可以過來的人，不知道是哪裡的誰喔？」

「是是是。我清～楚地知道妳很聽話了。」

我想過要反駁這句語帶諷刺的話，但就此演變成爭論、累個半死也很討厭，我便改變心意在她身旁坐了下來。雖然她在我坐下的瞬間顯得很不情願，不過既然她什麼都沒說，那麼應該不要緊。

「娜娜在做什麼？」

「看數學參考書。」

「參考書！」

過於吃驚的我往雜誌一看，的確寫著數學的字樣。

「真的假的！」

我為了確認又再看了一次，上面大大寫著「數學」兩個字。

「騙人的吧！」

我以為這是她為了做這種惡作劇的偽裝便朝她翻開的頁面一看，滿是數字和圖片的書頁使我瞬間頭痛起來。真奇怪，明明沒有碰到她。

「騙人的吧……？」

「真失禮耶。別看我這樣，每次考完試我的名字可是會被貼出來的喔？」

「被貼出來……？」

「考試的時候，學校玄關的布告欄上不是都會貼出各年級成績優異者的名字嗎？妳不知道嗎？」

「嗯……？」

好像的確有這種制度……？雖然經常一起行動的人之中就屬田中同學的頭腦最好，但由於她對名次不感興趣的緣故，所以不太清楚。當然，我絲毫不認為自己的名字會出現在上面，所以連看都沒去看過。

「這社會沒救了……」

「妳是知道意思才這麼說的嗎？如果是這樣，我原封不動地還給妳。」

「就算還給我也很困擾耶。」

「我也很困擾就是了……？」

娜娜嘆了口氣，將雜誌收進放在一旁的後背包裡。

「突然沒幹勁繼續讀書了……」

「那就來稍微聊個天吧。」

「聊天是指什麼？妳掌握到新情報了嗎？」

「那方面還沒有進展。」

「那不就沒話好說了嗎？」

「不，因為很閒嘛……」

「妳應該有帶智慧型手機吧？用那個不就能打發時間了？」

娜娜也一如自己所說的，拿出智慧型手機開始打發時間。

「雖然……是這樣沒錯啦……」

內心某處莫名地覺得無法接受。我交互看著自己的手和她的方向。我並不是想和她打好關係，但即使如此，總覺得完全不交談也不太對。雖然我自己也不知道理由就是了……

「吶？」

「啊～真是的！」

娜娜不耐煩地將智慧型手機隨手扔進後背包裡。

「我知道了啦。那麼就來聊點不能對普通朋友說的事情吧！像是想對某人發牢騷之類的內容！」

「就等妳這句話！」

發牢騷是我在排球社時也經常使用，能輕易炒熱氣氛的話題。

雖然有時候一不小心就會被拿去向本人打小報告，即使如此也一定會炒熱氣氛。

「我認為等人發牢騷這件事不太好就是了。」

「只是稍微順著氣勢就……不過，可能只是對暴露帳號的煩惱感興趣也說不定。」

「啊，那方面的事情大概沒到需要抱怨的程度吧～必須真人面對的學校事務還麻煩了一百倍。」

「是這樣嗎？」

「就是這樣喔。不對，是麻煩事這點可不會變喔？不過妳想想，畢竟真人還得面對視線之類的嘛。」

「視線？」

「沒錯。像是體育課時，中村之類的傢伙總是一直盯著我看！」

「是這樣啊。」

「不過只要是胸部夠大的人，那傢伙都會盯著看就是了。三班的後藤等人也經常盯著不放。」

那麼從來沒有感覺到視線的我……不，可是女孩子又不是只有胸部！沒錯！

「說到體育課，我不擅長應付的，大概就是三浦老師了吧。因為他對不擅長運動的人很苛刻。」

「啊～我懂。從體育好的人看來就更過分了呢。明明好好指導就可以了。」

「就是啊～啊，其他還有……」

○

「差不多該回去嘍。天色也開始變奇怪了。」

這也是理所當然的，早上看的雜聞秀節目的播報員說過晚上會下雨。雖然我個人認為現在時間算是傍晚，但由於天色暗了下來，或許對天氣預報來說現在已經是晚上了也說不定。而且就算有帶傘，我也討厭在雨中回家。

「就這麼辦吧～畢竟如果下雨就糟了嘛。」

「嗯嗯。」

看來她的想法和我一樣。假如她說想要繼續聊，感覺會順著氣氛繼續聊下去，所以我稍微鬆了口氣。

我們紛紛拿起後背包站起身。由於我的動作稍微快了些，因此先一步朝門的方向走了過去。

「聊了不少事情呢。」

「畢竟天色都暗了嘛。話說好久沒有跟人面對面發牢騷了，總覺得挺可惜的呢。」

因為沒想到會從娜娜口中聽見「可惜」這個詞彙，我發出訝異的喊聲。
「這麼誇張？」
「就是這樣。畢竟和會當面交談的人感情太好，不太想做互相發牢騷之類的事。」
「哦～」
確實，我也覺得很難向感情太好的朋友發牢騷。或許交情沒那麼深的人才是最好聊天的也說不定。
「咦？妳高中都是獨行俠嗎？」
「妳覺得呢？」
「唔哇，這傢伙真麻煩。」
我一邊把娜娜的話當作耳邊風，一邊將手伸向門把。
喀嚓、喀嚓。
「咦，打不開……？」
雖然試著轉了幾次，但不知為何就是打不開。
「討厭，別開這種玩笑啦。讓我來。」
在娜娜的推擠下，我放開門把。然而無論她怎麼轉，門依舊只是發出喀嚓喀嚓的聲響一動也不動。

「真的耶……真是糟透了！」

我能理解她口不擇言的心情。畢竟好死不死，被鎖在只有一扇門的屋頂上，當然只能說糟透了。

「這個學校的門裝設不良到令人討厭的程度呢。之前也發生過類似的事。」

「那時候妳是怎麼解決的？」

「……唉，靠氣勢。」

「這是靠氣勢就能解決的事嗎……？」

「就是靠氣勢就能解決的事啦！」

娜娜用以她而言相當拚命的語氣這麼回我。總覺得她的臉頰似乎有些泛紅，是我的錯覺嗎？

風有點大，或許她是因為這樣著涼了？畢竟是這種季節，我身上沒有能夠防寒的東西。注意到這件事之後，我有點良心不安。但我決定以她看起來不太在意當作藉口無視這點。她要是真的覺得冷，肯定會說點什麼才對。雖然我也無能為力就是了。

「這次大概沒辦法靠氣勢解決了。」

「該不會只能等巡邏的警衛過來了吧？」

「唔哇……那要等到什麼時候啊？」

「我也不知道……像是老師們離開學校的時候？」

娜娜露出相當厭惡的表情。看來她是個比想像中好惡更加明顯的人。

「真是糟透了，那不就還得等好幾個小時嗎！」

「畢竟肚子會餓嘛。」

「雖然那也是理由，但智慧型手機快沒電了。」

「啊，我有行動電源喔。」

「咦！真的嗎！借我、借我！之後再請妳喝果汁！」

「好耶～♪」

沒想到只是把為了保險帶出來的行動電源借給她就能喝到果汁，這算是不幸中的大幸嗎？真開心。

「奇怪？……咦？」

我帶著這種想法翻起後背包，卻找不到應該放在裡面的行動電源。因為那東西的體積並不小，有放的話應該馬上就會發現才對。既然翻了好幾次都沒找到，是留在家裡了嗎？

「好像沒帶耶……」

「不是吧！讓人這麼期待了，沒有這樣的吧！」

「吵死了！不好的是把智慧型手機用到快沒電的人吧！」

「就是因為沒辦法否認，才覺得更糟糕啊！」

接著娜娜一臉尷尬地別過頭去，我也刻意避開她的視線，注視顯示在自己智慧型手機上的私密帳號動態。可是陷入焦慮的腦袋什麼都看不進去。

「……嗯？」

此時娜娜似乎感到疑惑地偏過頭去，我則看著她的表情。怎麼了嗎？

「妳沒聽見什麼聲音嗎？」

「咦？別講恐怖故事喔？」

「原來妳會怕恐怖故事啊……話說這件事暫且不提，我真的從這扇門對面聽到某人的聲音。」

「真的嗎？」

「嗯，而且好像是哭聲。」

「越聽越覺得是恐怖故事耶……」

「不，說真的啦。」

背後涼涼的。正因為是這種狀況，就算是玩笑我也笑不出來。

「要……要是妳繼續亂說話，我就解除共犯關係！真是看錯妳了！」

「啥？妳這樣擅自失望，我也很困擾耶！話說妳真的聽不見嗎？該不會是重聽吧？」

「我還算是聽力好的耶！」

「那就是沒挖耳朵吧！」

「昨天才剛挖過耶！」

「……有人在嗎？」

這次就連我也清楚聽見了聲音。但因為那聲音彷彿隨時都會消失，感覺就像幽靈似的，我忍不住發出慘叫。娜娜先是傻眼似的盯著我看，之後竟然大聲笑了出來，簡直豈有此理！

「等一下！沒有必要笑吧！」

「不是啊，因為妳這是遇到幽靈的反應吧？怎麼可能忍得住啊？」

「雖然不知道妳是誰……但是妳相信幽靈嗎？還真是幼稚呢。」

而且不只是娜娜，就連神祕聲音的主人也開始取笑我。無法回嘴真是令人不甘。

「啊～真有趣……」

「呃……我想應該不需要笑得那麼誇張就是了。」

「不，要是看到她的臉，妳一定也會笑出來。」

「喔……」

「不必說得那麼誇張吧！」

就算真的能聽到聲音，但由於她笑得實在太過分，我甚至開始萌生別再繼續和她當共犯的想法。要是和這個人合作，肯定會很累人！現在就已經累個半死了！

「雖然聊了這麼久，不過難道妳在門前面？」

「是這樣沒錯。」

「既然如此，可以從那邊幫忙開門嗎？我們正在煩惱沒辦法從這裡打開呢～」

「這種小事的話……」

原以為聲音的主人突然安靜下來，幾秒後大門就傳出喀嚓的聲響。

「打開了！」

回得去了！太開心了！

我順著情緒，抱著就算不舒服也無所謂的想法打算握住對方的手。然而，大門前的學生表情一臉陰沉地站在那裡。話說，難道她是艾莉姆同學……！

「謝謝妳～話說妳為什麼會在這種地方哭啊？」

沒錯，她明顯才剛哭過。雖然被娜娜點破的她用袖子擦了擦臉試圖掩飾，但她似乎大哭了一場，哭到光憑這樣完全掩飾不了的程度。

「……這跟妳們無關吧。」

或許是知道隱瞞不住，她別開視線這麼說。

「話不能這麼說喔～？畢竟妳在這糟糕的狀況下救了我們，對吧？」

「咦！」

娜娜突然向我徵求同意，我無法隱瞞困惑，但她隨即用眼神向我施加壓力。由於視線中蘊含以往沒有的魄力，所以我只能點頭。

「咦，是、是啊！畢竟原以為再這樣下去會回不了家嘛！」

情急之下用毫不拘謹的語氣說出口令我有些慌張，但她並未做出任何反應。也就是不必那麼在意也無所謂嗎？

「沒錯、沒錯，就是這樣。」

娜娜迅速拉近與正在哭泣的艾莉姆同學之間的距離，把手放在她的肩膀上。

「妳是艾莉姆同學吧？那個傳聞中的千金小姐。」

「是、是這樣沒錯……」

「如果可以，我想向妳道謝，可以嗎？」

光是從旁邊看，也能感覺到遠比剛剛那眼神更加不由分說的魄力。因為她說話時帶著笑容，讓人只覺得可怕……

「道、道謝是什麼意思？」
「總之我請客，去麥基屋吧。再說那裡可以充電。」
「麥基屋……？」
見她明顯像是初次聽聞般複誦起店名，我和娜娜同時瞪大眼睛。
「啊，妳果然不知道？」
「不，沒那回事。」
雖然她的態度表現得很堅定，但是看她的模樣，即使說不知道也不會不對勁。畢竟她是個千金小姐，就算沒去過也很正常。更何況她即使討厭速食也一點都不奇怪。
「這只是確認，『麥基屋』指的是那間位於車站前面的速食店嗎？」
「嗯，沒錯。難道說千金小姐不會去那裡嗎？」
「唔……」
聽見這句話，艾莉姆同學明顯產生動搖。她那張嘴巴不停開闔的模樣，總覺得帶著些許人情味。我原以為她是個和普通人有所不同的千金小姐，這讓我莫名地感到安心。
「本、本來我是不能去的……不過既然說是回禮，那就沒辦法了。畢竟庶民能夠拿出的金額也有限嘛。」
雖然她說的話非常失禮，嘴角卻正在偷笑……硬要說的話，看起來似乎很開心？明明是個千金小姐耶？到底是怎麼回事？

「這樣啊，那麼就決定嘍。總之妳先去洗個臉吧，我們會在玄關等妳。」

「……果然去洗一下比較好嗎？」

「就這樣直接走出去的話，應該會很引人注目喔？」

艾莉姆同學靜靜點頭回應娜娜後，拿著書包走下樓梯。

令我在意的是，娜娜莫名地溫柔。雖然艾莉姆同學確實拯救我們脫離困境，但也只不過是把門打開罷了，她到底為什麼要表現得這麼溫柔呢？

「不過，為什麼突然就說要請客啊……」

因為實在搞不懂，於是我率直地提問。

「因為我一直覺得那孩子或許也患有求愛性少女症候群啊～而且照那個情況看來，不覺得我猜中了嗎？」

聽見這句話，我感覺到娜娜應該有情報瞞著我。不過由於難以啟齒，因此我決定閉口不提。

「……雖然不太清楚，但如果是就好了呢。」

「嗯嗯嗯。更何況如果千金小姐成為同夥，不覺得很不錯嗎？」

「啊，也就是拋磚引玉？」

她先是當場愣住，接著不知為何看著我大大地嘆了口氣。

「為什麼感覺妳好像聽不懂加油添醋，卻知道拋磚引玉啊？」

「雖然不太懂那個什麼油醋……？不過拋磚這個媽媽曾經說過。」

「啊～如果是這個說法，我就能接受了。」

「啊，姑且先說一下，我不打算請妳喔。」

「雖、雖然我很清楚，但這樣特地講出來有點討厭耶！」

○

抵達速食店之後，艾莉姆同學一直顯得坐立難安。我和娜娜拚命地加以制止看起來只要稍不注意，隨時都有可能向一般民眾問東問西的她。就連提出邀請的娜娜似乎也沒預料到會是這種情況，途中數度露出厭惡的表情。確實，總覺得這年頭就連小孩子都不會這麼興奮……

因為這個緣故，我們還沒問到她哭泣的理由和求愛性少女症候群的事情，就坐到了位置上。

接著，在她享用期待已久的漢堡時——

「這個……就是漢堡……」

「還真的是初次見到的反應耶……」

我和娜娜一坐下就立刻開始吃起薯條，但她將托盤放到桌上後，就興致勃勃地盯著上面的食物。她點的是今天的主打商品，也就是加入大量蔬菜的漢堡套餐。另外挑選飲料也花了不少時間。

「我是第一次吃喔。」

「果然。」

「雖然聽說過這個東西，也拜託愛衣買過，但她從來沒有買給我。」

「愛衣」是誰的名字啊？還是說指的是其他事情呢？

「話說回來～妳為什麼會在那裡哭啊？」

「不好，我竟然又想起愛衣了……」

「啊～是是是，妳是會沉浸在自己世界裡的那種人對吧？」

開始交談後，我也隱約明白娜娜說她可能患有症候群的理由。不過，她平時就是這樣嗎？或許遇到了會讓她哭泣的傷心事，所以才會變成這樣也說不定……

「現在應該專心吃飯才行。我開動了。」

艾莉姆同學小心翼翼地剝開包裝紙，下定決心地張開小嘴大口咬下。她的模樣看上去就和普通的女高中生沒有兩樣。

「……原來如此。是這種味道啊。」

可是反應與預料得不同。她做出奇妙的表情將吃過的漢堡重新放回托盤，接著拿出隨身攜帶的溼紙巾擦拭嘴角。因為她的動作充滿千金小姐風範，讓我一不小心就看得入迷。

「我好像明白愛衣不買的理由了。」

也就是說，這個漢堡不太合她胃口的意思嗎？雖然我覺得這種類型比較多人喜歡，但現實果然沒那麼簡單……當我想著這種事，打算集中精神享用食物的時候，艾莉姆同學再次拿起漢堡吃了起來。咦？難不成她是那種會把收到的東西好好吃完的人嗎？如果是這樣，還真是守規矩呢。而且感覺很辛苦耶……換作是我，或許會剩下來吧。

「這麼方便又美味的食物，在吃膩之前會讓人想一直吃下去。」

仔細一看，便發現艾莉姆同學臉上掛著笑容。正因為她原本就很漂亮，露出笑容使她看起來更加可愛。

「妳喜歡真是太好了。那麼，關於妳為什麼會哭這件事啊——」

艾莉姆同學無視娜娜的提問，只顧著專心享用自己的食物。也因為太過沉迷於漢堡的緣故，她連薯條都是單獨一次吃完。不，雖然確實很好吃啦，但畢竟是套餐，輪流吃不是比較好嗎？不過我並未說出這句話，只是默默地注視著她。

最後在喝完果汁後，艾莉姆同學猛然站了起來。

「這次實在非常感謝兩位，這份恩情我絕對不會忘記。」

見到艾莉姆同學獨自做出結論，娜娜的眼神非常可怕。

因為如此，甚至到了會讓坐在隔壁的小孩哭出來的程度。

「不，那個，可以的話坐下來聊……」

「那麼，我先失禮了。」

接著她便依照自己的宣言，瀟灑地踏上歸途。而我們兩個只能傻眼地看著她離開。

◆少女們的短暫歇息

隔天的課程雖然不怎麼辛苦，但由於昨天才剛發生那種事，因此我和初次造訪時一樣，也就是在午休後的第五堂課前往屋頂。

因為氣氛尷尬，我們昨天回程時並未聊到多少關於艾莉姆同學的事。話雖如此，今天的話題大概會是與她有關的抱怨吧。畢竟娜娜最後似乎白請客了，總覺得有點可憐。雖然不清楚她有多少零用錢，如果換作是我，請人吃套餐的價格是一筆大開銷。若是花得毫無意義，我或許會大發雷霆也說不定。

正當這麼想的時候，我來到屋頂門前，並在開門後見到娜娜的身影而鬆了口氣。

「她在呢。」

她稍微從智慧型手機上移開視線，朝我看了過來。

「我就覺得妳今天會來。」

「這樣啊。難不成妳在等我？」

我一邊這麼說，一邊在她身邊坐了下來。

「我可沒在等妳，別誤會了。」

「雖、雖然或許是這樣沒錯啦。」

明明就是在開玩笑，但她那麼堅決地否認，使我有些退縮。不用那麼強烈地否認也可以嘛。

「不過，嗯，畢竟昨天發生了那種事，無論如何都想來看看。」

「沒錯、沒錯。結果什麼都沒問到就結束了！變得像是單純在請客，跟在討好千金小姐沒兩樣，總覺得很討厭耶！」

「那還真是失禮了。」

隨著大門被用力推開，艾莉姆同學走了出來，這讓我嚇了一大跳。從她說的話看來，她應該聽見了我們的對話。因為只顧著談論她的事情，導致現在氣氛有些尷尬。

然而她毫不在意地朝我們走了過來。

「昨天實在非常感謝。這是昨天讓妳請客的部分，可以麻煩妳確認金額嗎？」

她將一枚信封遞到娜娜面前，但娜娜只是一臉訝異地盯著艾莉姆同學。

「咦，為什麼妳這時候會跑來這種地方？」

聽見這句話，艾莉姆同學嘆了口氣。

「可以請妳別用問題來回答問題嗎？」

「不是，畢竟千金小姐翹課的話不是很不妙嗎？」
「並不至於。雖然可能會被父親訓斥，但硬要說也只有這樣。」
「總覺得千金小姐的父親好像很可怕，妳真的只會被罵嗎？不會遭受體罰嗎？」
當娜娜正在提出疑問的時候，艾莉姆同學很驚訝似的瞪大雙眼。
「……看來妳真的很有學問呢。我一直以為妳是透過與人上床之類的方式來作弊。」
這下換娜娜一臉訝異地瞪大眼睛。不過她或許是生氣了，眼神立刻變得陰沉。
「千金小姐居然知道上床這種詞彙，還真是意外～」
娜娜的語氣和用詞都很輕佻，但她顯然在瞧不起艾莉姆同學。唉，雖然她會這麼生氣也是沒辦法的事，不過該說有人會這麼想也很正常嗎……
「可以請妳別繼續千金小姐來稱呼我嗎？我可是有『艾莉姆』這個正式的名字。」
「用『妳』稱呼就可以嗎？」
聽到她這麼說，艾莉姆同學頓時啞口無言。
接著她有些尷尬似的皺起眉頭。
「……雖然我確實是個千金小姐，但也不是自願得到這種地位的。」
「哦～果然很像是求愛性少女症候群嘛。」
「……真虧妳知道呢。」

這麼說著的她持續皺著眉頭，表情一點都不驚訝。看樣子只是非常冷靜地接受了娜娜的說法。

「就算被人發現患有症候群，妳也不驚訝呢？」

由於覺得很不可思議，我便開口提問。

「因為我覺得有一天或許會被人指謫出來。就我個人而言，為了將來著想，能告訴我是怎麼看出來的嗎？」

「嗯～大概是女人的直覺吧～老實說我雖然相當有自信，卻沒什麼把握呢。」

「這樣就沒辦法採取對策了呢……」

她語帶遺憾地低下頭去，不過立刻又抬起頭來，臉上沒有絲毫遺憾的神色。

「對了。下次開始，先確認真相之後再問會比較好喔。因為如果是我被誤會，說不定會告妳毀損名譽。」

「真嚇人，別開這種不好笑的玩笑啦。妳是認真的？還是在開玩笑啊？」

「誰知道。究竟是哪邊呢？」

此時艾莉姆同學終於露出笑容。可是，她的眼神並沒有笑意。也就是說……她是認真的嗎？

「總而言之，請妳收下昨天的錢。因為要是一直欠人家人情，我會靜不下心來。」

娜娜戰戰兢兢地收下艾莉姆同學再次遞到眼前的信封，按照她的指示確認內容。

「金額沒錯，太好了。」

「這是當然的。」

原以為會直接回去的她在我們面前坐了下來。雖說已經整理乾淨了，但見到她席地而坐還是讓我嚇了一大跳。

「既然察覺到我的症狀……就表示兩位也得了求愛性少女症候群嗎？」

「沒錯～沒錯～」

「……雖然這讓人不是很想大聲說出來就是了。」

儘管很煩惱，但我最後還是決定繼續使用敬語。畢竟我們雖然同學年，但從來沒有交集，而且她還是個千金小姐。再加上她剛剛對娜娜說的話很可怕，讓人很難用平輩的方式與她相處。

「病情已經持續很久了嗎？」

「是在電視上成為話題之前……應該是社群網站上出現話題的時候吧。」

「嗯，我也差不多是在那時候。那麼小艾莉姆大概罹病多久了呢？」

「我是昨天發病的。」

因為感到很吃驚，我與娜娜自然地對上視線。她的表情顯得相當困惑，而我應該也差不多。

「明明都把妳當成目標了，昨天之前卻沒發病啊。唔哇～求愛性少女症候群還有好多未解之謎耶～」

由於我從昨天就一直很在意這件事，於是下定決心地試著提問：

「所謂的目標是什麼意思？」

「什麼意思是指？」

要是她不願意回答，我認為將會難以繼續這層共犯關係。

「妳想嘛，就是容易得病的人有的特徵啊。」

「這件事我也很在意。」

「說得也是……是怎麼回事呢？」

我抱著希望得到回答的想法注視著娜娜。而她則是短暫做出思考的動作之後開口說：

「說得簡單點，就是指看起來有病的人啦。」

「看起來有病的人？」

「也能說是心裡有病的人。」

「原來我生病了嗎！」

「會用私帳發牢騷的人，怎麼可能沒病啊？」

真、真隨便的決定方式！感覺會與全國用私帳的人為敵！

「不，就是因為沒辦法對現實中的人說，才會把那裡當成容器。」

「一般人因為很享受現實，所以不需要製作容器。可是既然會在私帳宣洩、抱怨，就代表堆積了不尋常的不滿吧？如果會自然堆積如此大量的不滿，就算病了也不奇怪呀。」

面對她那初次展現的認真眼神，使我不禁有些畏縮。既然她說得這麼鄭重其事，我也就無話可說了。

「不過，也不必想得這麼困難吧？雖說是有病，也不代表真的生病了。」

「……換句話說，我被認為是個看起來有病的人嗎？」

「就是這樣。」

「妳真的只會說些讓人覺得毀損名譽的話耶？況且對初次見面的人也不用敬語。」

「妳是學妹，就算不用敬語也沒關係吧？」

「是學姊還是學妹沒那麼重要，問題在於是否為初次見面這點……」

「好好好，我不想聽禮儀講座，所以到此為止。那麼，妳的症狀是什麼？」

直到剛剛都落落大方的艾莉姆同學一臉難以啟齒地低下頭去，雙手緊握著裙襬。她的症狀嚴重到就算眼前有個不斷主張自己罹患症候群的人，依然說不出口的程度嗎？

「……其實，我變得回不了家了。」

「回不了家？」

「啊～……」

雖然我吃驚到複誦了一次，娜娜卻不怎麼驚訝，或者該說十分冷靜。只見她拿出智慧型手機開始操作起來。她打算做什麼啊？艾莉姆同學對此似乎也很疑惑，我們便一起注視著她的智慧型手機。

過了一會兒，娜娜將智慧型手機放到艾莉姆同學面前。

「是這個嗎？」

情況與我那時候相似。難道說她也被找出來了嗎？

「妳、妳怎麼會知道？」

我緊接在艾莉姆同學後面看向畫面，上面是一則以回不了家為主旨的貼文。似乎是說就算開門也會跑到戶外。雖然用詞相當粗魯，這難不成是艾莉姆同學的私密帳號……？因為對名字有印象，我說不定也有追蹤她。而且，要是知道這件事，也就能說明娜娜會懷疑艾莉姆同學也一樣患有症候群，並把她當作目標的理由了。

「自從看上妳之後，我抱著姑且一試的心情找了一下，結果馬上就找到了。畢竟這附近的千金小姐只有妳一個。話說，妳洩漏太多個人情報了，而且還沒有幫帳號做隱私設定，要是被奇怪的成年人盯上就完蛋嘍？」

「這句話輪得到妳說嗎……」
「真囉嗦耶。妳不覺得既然會被人發現，很危險本身就是事實嗎？」
「至少做個隱私設定比較好喔。光是這樣就能一口氣減少被怪人纏上的機率。」
「是這樣嗎……？」
對於艾莉姆同學的問題，我和娜娜一起點了點頭。她雖然一臉困惑，還是說了句「我明白了」表示同意。
「現在帳號並不在手邊，之後我會這麼設定。感謝兩位的忠告。」
艾莉姆同學恭恭敬敬地道謝。雖然我目前為止幾乎沒有仔細端詳她，不過她就是這種地方會讓人覺得她是個千金小姐呢。她本人似乎不喜歡，所以我不會講出來就是了，畢竟很可怕嘛。
「所以，看來昨天就是因為回不了家才哭的呢。不過妳為什麼要來屋頂上呢？」
「因為我想只要來到這裡，就不會遇見任何人。雖然就結果而言，還是被妳們兩位看到了。」
作為看見她的一方，我心裡稍微有點罪惡感。不過，由於這是出自偶然，我想也是沒辦法的事。畢竟作夢也沒想到，躲在門後哭泣的人會是艾莉姆同學嘛。
「話說，打開家門卻到戶外究竟是怎麼回事啊？」

她臉上滿是苦澀地解釋：

「我也不太明白。昨天回家時，我一如往常打開玄關的門打算直接走進屋內，卻不知為何來到了室外。」

「……這是怎麼回事？」

明明想進屋子裡卻跑到了戶外？實在難以想像。

「所以說我自己也完全搞不清楚，很難做出更好的說明。」

「就算想回到家裡，也會被強制趕到戶外……就當作是類似科幻的現象不就行了？畢竟也並非不可能。」

「這種強制讓人離開家的力量，或許就是症候群的症狀？」

「大概吧。」

娜娜和艾莉姆同學對我的疑問表示贊同，她們似乎就是這麼想。話說回來，這種症狀還真麻煩。

「然後，雖然不能給妳們看，不過我身上也浮現出能證明患有症候群的記號。所以我才打算向同樣患有症候群的人打探情報，來到了這裡。」

「……也就是說，妳是為了利用我才過來的嘛。」

「才不是這樣。」

雖然她嘴上如此否認，但事實怎麼看都是如此。
「不過，這樣我倒也方便。」
然而娜娜接受艾莉姆同學的這種行為，繼續開口說：
「我們兩個為了治好症候群，締結了以互相利用為主的共犯關係。如果妳也加入，不管怎樣利用我和她都可以。只不過……」
「只不過？」
「我也會毫不留情地利用妳。」
娜娜面帶笑容做出結論。她的笑容就像刊登在私密帳號上的照片一樣詭異。
「……有治好的希望嗎？」
「這可不好說耶～得看我們收集到什麼樣的情報。」
「區區一群女高中生，我想應該收集不到多少情報吧。」
「唉，雖然話是這麼說沒錯啦～」
「既然都有三個人了，總會有辦法的吧？」
我才剛說完「都有三個人」，她們立即向我投來疑問的視線。我見狀便慌張得把想到的東西一股腦兒地說出來。
「不，那個，雖然罹患症候群的人很多，積極處理症狀的人卻很少……所以我想光是能湊到三個想解決病症的人就算不錯了。」

「……或許是這樣沒錯呢。」

「好，那麼為了解決病症，只能先去艾莉姆家一趟了！」

她氣勢洶洶地站起來如此宣言。

「為、為什麼？」

受到她的影響，艾莉姆同學也站起來。要是只有我坐著總覺得有些尷尬，於是我也跟著起身。

「因為很令人在意嘛。明明進得去卻進不去的門，不覺得很想看看嗎？」

娜娜看著我尋求同意。這種不明究理的行為讓我有點害怕，但還是因為好奇而點了點頭。我就這樣觀察著艾莉姆同學的反應。當她還在猶豫時，第五堂課結束的鐘聲響起。得快點回去才行。我用有些在催促般的視線望向她，她便不情不願地接受了。

「我是無所謂啦。」

「好，那麼走吧。作為居中橋梁的我會用私帳拉個群組，就在那裡聯絡吧。」

為了追上一邊操作智慧型手機一邊離開的娜娜，我和艾莉姆跟在她身後。

「來得這麼突然，我可沒辦法招待兩位喔。」

「我也沒要妳招待啦。畢竟看完妳進不了家門就要回家了。」

「怎、怎麼妳看起來完全沒打算解決的樣子啊？」

「畢竟事情不可能那麼容易解決嘛。」

「話是這麼說沒錯……」

「請問，要是妳回不了家的話，昨晚是怎麼度過的呢？」

「請人在屋子外圍的空地臨時做了個生活空間。」

聽到這種很有千金小姐風格的解決方式，我不禁瞪大雙眼。娜娜則維持她一貫的複雜表情。

「這下子就算不解決也沒差了吧？」

「這樣可不行。雖然回到那個家令我痛苦萬分，受到關心導致獨處時間減少也毫無疑問地令我感到痛苦。」

「是這樣嗎？」

「就是這樣。還有，露露同學。」

「是！」

因為沒想到會被艾莉姆同學叫住，我不自覺地提高音調。

咦？我搞砸什麼了嗎？明明盡可能小心不要刺激到她了呀？

話說回來，她為什麼知道我的名字啊？只要沒跟我扯上關係，應該沒有多少人知道。

「我們已經是共犯了，往後交談的機會也會變多，因此可以請妳別對我使用敬語嗎？我已經習慣用敬語說話，所以打算維持現狀，但妳這樣應該不太方便吧？」

「咦？可以嗎？」

「是啊。畢竟妳對那位學姊似乎沒有使用敬稱，請妳也對我這麼做吧。就算直接用名字稱呼也無所謂。」

「真、真的嗎？妳不會告我吧？」

「不會啦。」

「這樣的話是可以啦……」

就算她說沒關係，還是有點可怕。不過真的到了那個時候，第一個挨告的也會是娜娜，應該不會先拿我開刀吧。真的被告就糟了，媽媽搞不好會哭出來。

「另外，妳的名字是我今天和朋友問來的。如果讓妳感到不愉快，我在此道歉。」

「啊，呃，應該沒關係……不對！沒關係啦！」

「怎麼跟對我的態度差這麼多啊？很受傷耶。」

「妳的反應看起來沒有受傷，我放心了。」

「還真敢說呢～不愧是在社群網站上那麼嗆的人。」

「我可不想被暴露狂這麼說。」

「是是是。話說回來，原來妳叫這個名字啊？」

「這麼說來我好像沒講過。」

「兩位是在不知道名字的情況下締結共犯關係的嗎？」

「因為才剛認識沒多久，沒辦法嘛。」

她們兩人離開屋頂之後便不再交談，我也配合地閉上嘴巴。接著我們就這樣返回各自的教室。

一想到這就是所謂的共犯關係，就有點興奮。

○

放學後，艾莉姆在回家路上的便利商店等待會合。

當我抵達時，艾莉姆已經在店門口等待，娜娜似乎還沒來。

「抱歉，讓妳久等了。」

「不，我也才剛到，請別在意。」

「這樣啊。那就好。」

與千金小姐待在便利商店。

儘管穿著學校指定的制服讓她看起來不那麼像個千金小姐，不過仔細一看總覺得有些不搭調。唔……越是不去思考她的千金小姐身分就越在意。知道她的身分之後更是如此。

為了轉移這種想法，我隨便找了個話題開口說：

「妳進去過便利商店嗎？」

因為之前似乎是她第一次去速食店，於是我試著這麼詢問。

「去過喔。」

「咦，真意外。」

「曾經因為在上學途中發現忘記帶充電器，於是前往便利商店購買。」

「原來如此～」

因為便利商店什麼都有，而且上學途中也有店家，所以很方便的關係嗎？不過總覺得在便利商店購買充電器不太像普通高中生會做的事。便利商店的充電器是高級貨，並非忘了帶就會讓人想買的東西。換作是我，忘記帶的日子就只能將智慧型手機換成省電模式，並且盡可能不去使用。因為即使如此還是會用到的關係，回家時還是得充電就是了。

「妳們兩個好慢喔～」

在我們聊著這種話題時，娜娜從便利商店走了出來。原以為她還沒到，看來她是最早到的。她的手上拿著最近推出的低卡熟食。

「因為在店裡光是等著不太好意思，不小心就買了。」

「原來妳這麼懂人情世故呢……」

「那當然。」

她咬了一口之後，換上無言的表情。或許是因為不太合她的口味。

「話說回來，妳們家長什麼樣子啊？蓋幾樓？有幾臺車？有泳池嗎？應該有吧？」

即使如此，她依然邊吃邊提出問題。因為她那像是標準約會狂的反應很有趣，使我不小心笑了出來。

「很抱歉辜負了妳的期待，我家可沒有游泳池。基本上我家的人全都是室內派，所以沒有那個必要。」

「家裡沒有的意思是其他地方有嘍？」

「別墅的話倒是有。因為親戚也會使用。」

「唔哇～真的是個有錢人，超猛！」

「這種事無所謂，我們走吧。馬上就到了喔。」

我們朝不理會我們邁開步伐的艾莉姆身後追了上去。

艾莉姆的家確實就在附近，似乎就是離開便利商店後沒多久見到的那棟房子。因為看起來又大又漂亮，一想到她就住在這裡就不禁感到羨慕。如果是這種家，房間想必很大，應該不用在意會被弟弟的聲音干擾吧……
當我想著這種事情時，不知不覺就來到了房子前面。雖然數量不多，但有幾名女僕守在家門前，向艾莉姆喊出「歡迎回來」。沒想到艾莉姆竟然無視她們，逕自走到大門前。而我們也跟了上去。
「這就是我說過的門。」
「這扇門乍看之下沒什麼奇怪的地方呢～」
「不過倒是能看出很高級。」
「要打開嘍。」
我嚥了一口口水，盯著艾莉姆將手放在門把上，並且推開門。接著……
「……我說啊。」
確認到大門發出沉重的聲音關上之後，我開口說。
「嗯，我知道妳想說什麼。」
「這應該算是進入家門了吧？」
「應該吧。」
她似乎失去興趣，開始玩起手中的智慧型手機。
「真無趣～沒能看到期待的畫面呢。實在很想見識一下，就算開門也會跑到室外的光景耶～」

娜娜感到無聊似的嘆了口氣，但我心中浮現的並不是名為無聊的情感。

「她該不會說謊了吧？」

這個感覺究竟是什麼呢？雖然確實覺得有些鬱悶，但說不清到底是怎麼回事。

「這下只能由她本人來說明了。」

「嗯……」

難以名狀的情感，在我心中不斷擴散。

○

咦？奇怪？這裡不是外面，而是我家……？

為什麼又回得來了？

我昨天明明回不了家才對啊……！

儘管我告訴兩人自己無法進入家裡，現在卻成功走進來了。一天不見的玄關。遠處傳來的腳步聲。那應該是父親或母親吧。

這個瞬間，我開始思考自己是否真的想要回到這個家。如果就這樣一直回不了家，不就正好能順勢提出獨自離開家前往其他地方居住的要求了嗎？舉例來說，像是加上想思考今後打算的理由之類的……

「喂～我們要回去嘍～？」

或許是覺得隔著門聽不清楚，娜娜將門稍微打開後如此說。她的聲音使我回過了神。

「請、請等一下。」

「慢著，妳想去哪裡！」

我無視前來的母親，連忙跑了出去。眼前的兩人表現出不知是困惑還是不滿的情緒。

假如立場相反，我大概也會感到不滿，但我現在只能拚命地思索該如何解釋這個狀況。

「……妳進去了呢。」

「跟妳說得不一樣耶，這是怎麼回事？」

「昨天是真的回不了家。」

「那麼，為什麼今天就回得去了呢？」

「妳應該不是在說謊吧……？」

「為什麼我有必要不惜說謊，也要接近妳們這種人啊！」

對於我太過憤怒而說出口的話，露露震驚地瞪大雙眼，接著一臉愧疚地低下頭去。

「對、對不……對不起。」

她立刻道歉這點，讓人覺得她肯定是個溫柔到骨子裡的人。但因為被認為說謊實在太讓人遺憾，於是我直接別過視線。

一旁的娜娜則是無比冷靜，並且同意地補了句「說得也是」。雖然從她身上感覺不到身為學姊的威嚴，但她豁達到令人覺得十分成熟。

「不過成功解決了也是事實，要是能分析『為什麼能夠解決』，或許也能套用在我身上也說不定。雖然我沒有把握就是了。」

「我該怎麼辦才好呢？」

面對我幾近自問的問題，眼前的她有了反應。

「明天我們會再到屋頂上開作戰會議，妳也來吧。啊，是放學之後喔，這樣也比較輕鬆吧？」

「……要是我說問題已經解決，所以不去的話呢？」

雖然知道自己正在說的話很過分，但我已經得到了好處，沒有必要特地為兩人提供利益。正因為如此，我認為自己應該有宣言不參加的權利，便這麼問了。

「到時候再說。」

娜娜不假思索地立刻回答。她這時露出的表情毫無疑問是在笑……簡直就像確定我明天一定會前往屋頂似的……那笑容令我不自覺地顫抖一下。

「那我們回家吧，露露。妳家在哪裡？」
但她毫不在意地向注視著某個方向的露露搭話。
「啊，呃，在那邊喔。」
「跟我家一樣嘛。回去時離我遠一點喔。」
「咦，不要啦！」
「我才想說不要咧。要是被人以為我們感情很好不就麻煩了～！」
我愣在原地看著兩人吵吵鬧鬧地離開我家。不久之後，女僕前來向我搭話。
「大小姐，夫人正在叫您。」
「……好。」
我下定決心再次打開玄關大門。這次也一樣沒有被趕出去，成功進入玄關之中。而門後不只母親，連父親也站在她身邊。
「我回來了。」
「歡迎回來。」
兩人這麼說完，便開始仔細打量我的全身上下。他們還是老樣子，視線宛如能射穿人那般尖銳，使我渾身僵硬。
「原本聽說妳最近狀況有點奇怪時還有些擔心，看起來似乎沒有什麼不同。」

父親接著說：

「今後要謹慎別做出奇怪的行為。」

我不是自願這麼做，也不是我想控制就能控制。說到底，這也不會因為沒有能用肉眼分辨的症狀，就變得不奇怪吧……

雖然腦中浮現諸多不滿，話到嘴邊就吞了回去。

「是，我明白了。」

我提不起反駁的力氣，老實地點頭附和。

唉，果然不該回來的。

○

去艾莉姆家的隔天，即便刻意不去想，依舊會不斷地想她。她為什麼能夠解決呢？她又是怎麼想的呢？

或許是因為不斷動腦，頭開始暈了起來，使我翹掉了打掃和班會。班會姑且不提，打掃很麻煩。現在的打掃地點有我討厭的人也是一大問題。那個人叫做永澤同學，是這間學校排球社備受期待的新人。

「我不擅長應付那個國中時曾經一起經歷過排球社合宿，現在同班的永澤同學耶。」

我一邊對沒有回應一事感到安心，一邊繼續說著那些不是當事人就記不住的話題。

「她現在還是排球社員，本來我應該也在那裡才對。唉，讓人有點嫉妒就是了。」

「……其實妳沒那麼喜歡排球吧？」

她頭也不回地這麼對我說。看來她有好好聽我說話。

「所以才變得沒辦法打排球之類的。」

換作是以前的我，一定會全力否定；但現在的我無法好好斷言。不過，或許就是這麼一回事吧。當浮現這個想法的時候，我心中就大概已經有結論了。我其實沒那麼喜歡排球，只是不想被身邊的人拋下罷了。

現在的我是怎麼想的呢？

話雖如此，因為無論怎麼思考都無濟於事，所以我決定不再去想，並轉移了話題。此時打掃結束的鐘聲也響了起來，因此算是個不錯的時機吧。

「艾莉姆會來嗎？」

這是我從白天上課時就一直很在意的事。甚至到了會刻意從走廊上經過她的班級前面，用眼睛去搜尋她身影的程度。總覺得當時似乎在一瞬間和她對上了眼。

「應該不會來吧？」

「果然嗎？畢竟問題已經解決了嘛。」

「嗯。而且她不是說了嗎？沒有必要不惜說謊也要接近我們。」

「的確說了呢。沒想到她會說到那種地步，嚇了我一跳。」

「當時的她就和我透過私帳想像的人物形象一致呢～」

艾莉姆在的時候她也這麼說過，不過真的有這麼過分嗎？雖然搜尋過她的帳號，但只有互相追隨而已，並未仔細看過她發過哪些文章。

「……她在私密帳號說話真的那麼糟嗎？」

「真的很誇張喔。雖然只有偶爾會上線，不過該說每則推文都帶著詛咒的氣息嗎？妳要不要看一下？」

既然娜娜都這麼說了，那應該真的很不得了吧。雖然也有點害怕，但超過那種心情的好奇心使我點了點頭。

接著她快速滑動畫面，將智慧型手機推到我面前。

「唔哇……」

眼前是一個大肆宣洩對雙親感到怨恨的帳號。上面詳細記載了父母與自己的回家時間，因此這應該能拿來當成篩選特定人選的資料吧。

「如果寫得這麼詳細，確實很容易就會被過濾出個人情報呢。」

「沒錯、沒錯。甚至到了讓人擔心身邊有沒有人能夠阻止她的程度。」

「畢竟是個千金小姐，應該更小心一點比較好耶。」

「嗯……從推文看來，她父親似乎挺頑固的，或許不太懂什麼是網路，所以她才會變成這樣也說不定。不過這只是推測就是了。」

「明明討厭卻這麼相似嗎？」

「儘管討厭，如果對象是身邊人，好像無論如何似乎就是會變成那樣喔？這種人好像還不少。」

「哦～……家人之中我雖然討厭弟弟，但還沒到這種程度呢。」

「我也信賴著自己的家人，覺得這樣子挺不錯的。」

「與其說是身邊的人……要是討厭每天都會見面的人，總覺得不太方便。」

「話說，就算替不在的人難過也無濟於事。來開作戰會議吧，作戰會議。」

「為什麼要替我難過呢？」

艾莉姆再次突然冒了出來，嚇得我打了個冷顫。第一次聽見她的聲音時，就覺得有點像幽靈，像這樣突然現身的感覺也有點那種味道，令人害怕。

「妳又翹課了嗎？」
「不，這次是等到放學後才來的喔。我們班的班會時間很短。」
「喔，這樣啊……看妳的表情，應該又全部都聽見了吧？」
「從『儘管討厭』那附近開始聽的吧。」
「唔哇，為什麼會從那裡開始聽啊？難不成是故意的？」
「我反倒覺得妳本來就是這麼打算的，難道不是嗎？」
屋頂上瞬間充斥著劍拔弩張的討厭氛圍。我不知如何是好地來回看著兩人的臉，然而娜娜像是想打破這股氣氛般，疑惑地偏著頭說：
「話說回來，妳怎麼來了？」
雖然這句話讓艾莉姆愣了好一陣子，但她隨即瞪著娜娜，臉上緩緩有了怒氣。
「不是妳叫我來的嗎！」
「雖然是這樣沒錯，不過沒想到妳真的會出現嘛。」
娜娜彷彿沒有發現似的，只是擺出一副難以理解的表情注視著艾莉姆。最後正在發火的艾莉姆也變得面無表情。她明明面無表情，卻讓人覺得可怕。
「……我要回去了。」
「等一下！」

沒想到艾莉姆竟然轉頭就走，於是我連忙起身追了過去，在盡可能不弄痛她的情況下抓住她的手。因為從未接觸過治好症候群的人，我心中有些不安，不過似乎暫時沒有任何症狀。如果因此在回家途中身體不適，總覺得很討厭耶……

但我還是必須阻止她，畢竟艾莉姆是治好症候群的寶貴案例。娜娜應該很清楚這件事才對吧？真是的！

「拜託妳留下來。畢竟要是能找出艾莉姆能治好的理由，我和娜娜的症狀或許也能有所好轉……」

話雖如此，就算我說這種話也沒什麼說服力吧。因為她在這個地方已經得不到任何好處了。我並不明白她即使如此依然前來的理由，不過即使不明白，這也是最後的機會。可是我也沒有能立刻提供給她的好處。就算錢包裡的錢對我來說很多，對她而言就和貝殼差不多吧。後背包裡也沒有能幫得上忙的東西。既然如此，我能做的事情只有一件。

「拜託妳了！」

「什！」

我拚命地朝她低頭。

「就、就算做這種事也只會增加我的困擾而已！」

「如果覺得困擾，就留下來陪我們開作戰會議吧！求求妳了！」

「哦～上吧、上吧！」

「娜娜的症候群也還沒痊癒，所以低頭求情也無所謂喔！」

雖然這麼說，但我不認為她會願意這麼做。所以就算是為了讓艾莉姆更加困擾，我拚命地試圖擠出眼淚。但是她在那之前就放棄掙扎，一臉厭惡地大大地嘆了口氣。她嘆氣的模樣十分誇張，使我忍不住放開了手。

這下或許惹她生氣了也說不定。慘了，怎麼辦？要是她提出告訴、要求賠償金，我一定會輸，我家也沒有能夠付給她的錢。可是總覺得道歉也很奇怪，因此我只是一味地注視著她。

「……真沒辦法耶。就一下下喔。」

我花了好幾秒才理解她終於說出的這句話。

「真的嗎？」

我覺得不安，確認性地提問。

「真的啦。」

「太好了！」

我當場開心到用力跳了起來，並在跳完之後見到眼前的她一臉困惑而瞬間回過神。真令人害羞。臉頰像是要噴出火來一樣，感覺整張臉都熱騰騰的。

「感覺露露平時開心的時候也會這麼做呢。」

「我現在也和妳有同樣的想法。」

她們兩人臉上掛著拚命憋笑的表情這麼說。雖然很想用「才沒那回事」加以否認，總覺得如果否認了，會讓她們立刻笑出來，於是我便放棄了。與其說是「覺得」她們會這麼做，不如說她們「絕對」會這麼做吧。

「很抱歉抓住了妳。會痛嗎？」

「我的身體可沒這麼嬌弱喔。」

「這樣啊。那就好。」

向艾莉姆道過歉後，我再次坐回原本的位置，決定留下的她也坐了下來。由於坐下的位置和先前一模一樣，或許位置早就都決定好了也說不定。

「那麼就開始作戰會議吧！」

終於來了！等好久了～

「要討論什麼呢？」

雖然熱情地邀請了她，但其實根本沒決定要討論什麼。倒不如說，我一直覺得娜娜會打頭陣，畢竟提出共犯關係的人是她。我懷著這種想法觀察起她的表情，她隨即開口說：

「總而言之，先重新確認一次各自的症狀，然後儘量講出可能造成症狀的原因。」

「儘量講是什麼意思？」

「不想透漏的事情不必勉強自己說出來。」

「……原來如此。」

這代表她應該也有不想講的事情吧。由於我也有事情不想說，因此猶豫是否該否定她的做法，最後保持沉默聽她繼續說下去。

「另外不光是現在，今後要是掌握到其他能說的情報也分享一下。如果是在社群網站找到的，只貼網址或截圖也可以。」

「嗯，知道了。」

「假如心情好，我會這麼做的。那麼，就從娜娜先開始吧？」

受到催促的娜娜瞬間露出厭惡的表情。

「畢竟提議的人是妳，可以麻煩妳先做個示範嗎？」

「知道了啦……」

並一臉不情願地開口說：

「我想妳們早就知道了，我的症狀就是眼睛裡的心形圖案。至於原因，我認為可能是開始使用私帳的緣故。」

「嗯，我想也是吧……」

「那麼只要刪掉帳號的話……？」

聽見我的提議，娜娜突然笑了出來。因為沒想到她會有這種反應，我頓時心跳加速了一下。

「雖然我也是這麼想啦～但因為也覺得或許與同時期發生的某件不想說的事情有關，就一直拖到了現在。」

她的這句話使我想起自己也做過類似的事。

「而且啊，不時會在私帳上與人大聊特聊的露露，應該也很清楚想脫離私帳其實沒那麼簡單吧？」

我非常能夠理解。因為對我來說，私密帳號已經成為在現實中生活下去的必需品。即使能夠治好症候群，一想到要刪除帳號還是令人害怕。況且她心裡還有另一條線索，萬一刪掉帳號才發現關鍵是另一件事就更悲慘了。

「……抱歉。」

「沒關係啦。畢竟換作是我大概也會說出一樣的話。」

「這樣啊。」

「可以請教一下，那個成為妳開始使用私密帳號契機的煩惱嗎？」

「這件事我實在不想說耶。」

「這樣啊。」

她會說不必勉強自己透漏，或許就是因為不想被人追問也說不定。

「那麼……妳還有其他情報嗎？」

艾莉姆冷靜地提問。

「沒有了。雖然昨天姑且試著搜尋跟妳一樣痊癒的人，但完全一無所獲。倒不如說，每個人都很可疑。」

「果然是這樣嗎……」

「既然我講完了，接下來該輪到妳了吧？」

被指定順序的艾莉姆和剛剛的娜娜一樣瞬間顯得很不願意，但很快就恢復原本的表情並開始說了起來。

「雖然不知道是什麼原理，我的症狀是進不了家門。原因恐怕是我不想回家吧。」

「為什麼不想回家啊？」

「因為家裡沒有我的容身之處，失去了回家的理由……」

她凝視著遠方這麼說。回家的理由是指什麼呢？話說回家需要理由嗎……？雖然覺得不解，但就算問了她也不會回答吧。真是難以想像。

「情報呢？」

「我和娜娜妳調查到一樣的內容，結果也差不多。」

「這樣啊～那麼最後輪到露露了！」

「啊，嗯。」

終於輪到我了。雖然在聽她們說話時就一直在思考要說些什麼，但沒把握能夠好好表達出來。畢竟要說的是連我自己也搞不清楚的事，越是想著要和她們一樣好好說明，心跳聲就變得越來越大。

「那個，我的症狀該說是碰到沒有症候群的人就會不舒服嗎？啊。」

我莫名其妙地說起敬語。因為不知該如何轉換語氣而慌張起來，腦袋變得一片空白。

「……那個、那個。」

我說不出話來，眼前的兩人一臉擔心地看著我。我彷彿事不關己地冷靜思索：原來她們也會露出不安的表情啊。

「請冷靜一點。」

「怎麼了？剛才明明那麼興奮耶？」

「不，只是覺得妳們兩個很擅長說明情況……又覺得自己沒辦法像妳們一樣……」

在排球大會上發生的事、之後的心情、與朋友決裂之後的人際關係，還有私密帳的事。要一一說明這些事，還要對自己不想講的事情避而不談，對我來說實在太困難了。

「我知道了，那麼就當成妳全部都說不出口吧。」

「咦？」

因為這句出乎意料的話，我再次轉頭看向娜娜。

沒想到她竟然會講出這麼溫柔的提議。對現在的我而言，她簡直就是女神。

「等妳能把願意吐露的事情好好講出來之後，再跟我們分享就行了。妳應該也覺得這樣比較好吧？」

「無所謂喔。」

「……謝謝妳們。」

「沒關係啦。只不過會覺得妳肯定做了糟～糕透頂的事，才會得到這麼嚴重的症狀而已啦。」

「咦？」

原本有點想哭的情緒一口氣縮了回去。

真過分！我根本就沒做什麼糟糕透頂的事！

「就是說啊。雖然我覺得自己的症狀也十分嚴重，但還是與普通人接觸就會身體不舒服的症狀嚴重得多吧？畢竟就連日常生活都會變得困難重重不是嗎？」

「雖、雖然或許是這樣，但我才沒做什麼糟糕透頂的事！這是誤會啦，誤會！」

「誰知道呢……？」

「才不是什麼誰知道呢！」

「總之，從妳剛剛突然講起討厭排球社員的事情看來，肯定因為排球發生過什麼不好的回憶吧？」

「唔哇！」

這麼說來，我好像不小心說漏了嘴。現在我已經不記得剛剛是怎麼想的了。畢竟很令人害羞，甚至有些坐立難安。

「是這樣嗎？」

「似乎是這樣。妳認識與露露同班，那個叫永澤的人嗎？」

「不認識呢。」

「嗯——既然我也不知道，代表她沒在使用社群網站嗎？不，也有可能是不在我觀察的範圍內……？」

娜娜拿出智慧型手機開始搜尋起來。

「那個叫永澤的，是個什麼樣的人啊？」

不知道是討厭沉默還是另有其他原因，艾莉姆這麼問我，而我自然地搖了搖頭。

「永澤同學本身並不是壞人，只是我個人有些嫉妒她罷了。」

「這樣啊。還想說如果是個麻煩的人，就把她放進警戒名單裡呢。」

「她如果是個麻煩的人，我或許會更正大光明地討厭她吧。」

一想到這裡就十分煩躁，讓我覺得自己是個足以在這方面染上這種症狀的差勁人類也說不定。

「話說回來，警戒名單是什麼？」

「感覺扯上關係就會很麻煩的傢伙都會被我放進名單裡。依照學年來分……娜娜也在上面喔。」

「可是她不是扯上關係會很麻煩，而是會先惹麻煩的那種人吧……？」

「實在很難搞呢。」

「在當事人面前正大光明地講人壞話，我覺得不太好耶～」

她那明明翻著白眼，瞳孔中央卻呈現心型圖案的模樣莫名地有趣，使我忍不住笑著回應她。

○

締結共犯關係之後的幾天，我都沒有去屋頂上。倒不如說，我比較接近去不了。

從自己的成績看來，我擔心要是翹太多課，恐怕會陷入必須設法用考試分數來彌補的狀況。只要拿到還過得去的分數，就不會為補考或是其他事情所苦。

這段期間我也透過社群網站與兩人聯絡。可是娜娜有時會心血來潮地狂扔貼圖，導致我不只一次想退出群組。

『可以請妳別再這麼做了嗎？實在煩死人了。』

艾莉姆就算在群組裡，也和現實一樣使用敬語。從說的話看來，她應該和我有同樣的想法。

但是娜娜每當購買新貼圖，就會炫耀似的在群組對話框裡狂轟濫炸。印象中她說過每隔三天就會買新貼圖，總覺得就算有也不常用，但好像不是這樣？

『話說回來，買這麼多不要緊嗎？』

我好奇地試著提問後，她隨即發了一個一隻狗伸出手指大笑的貼圖過來。對此感到不悅的我用訊息回了句「就是因為這樣，才會傳出援什麼之類的傳聞喔？」，緊接著電話立刻響了起來。

「難道說……」

如我所料，是娜娜打來的。我大概想像得到她會說些什麼。因為不敢接電話，我只好用手邊的毛巾蓋住智慧型手機設法帶過。平時聽習慣的歌曲，這個瞬間聽起來就像惡夢的旋律……

之後我好一陣子都不敢看群組對話。雖然到了隔天還是會打開來看就是了。話說回來，明明決定不會打好關係，群組卻這麼熱絡實在很不可思議。因為她們都閉口不提，我也跟著在上面發言。畢竟在我的預想中，上面應該只會出現最低程度的聯絡而已。我一邊懷著「這樣不就算是感情好了嗎？」的想法，一邊簡單地傳了幾張貼圖。

○

在幾天後的某一天。

因為這天塞滿沉重的課程，我下定決心翹掉最後一堂數學課前往屋頂。打開屋頂大門之後吹過來的風有種開放感，真舒服。

「好久不見呢。」

「就是說啊。妳還活著啊？」

「還活著啦。這不是當然的嗎……我只是沒過來而已，還是有好好上學啦。」

「我知道喔。畢竟年級相同，偶爾也會在走廊上遇到。」

「對吧！」

娜娜與艾莉姆都在屋頂上，她們兩個各自做著自己的事。娜娜在用智慧型手機，而艾莉姆則是……在看書嗎？

「呃，咦？艾莉姆……？」

「是？」

沒料到會見到艾莉姆的我忍不住叫了出來。眼前的她正是艾莉姆本人沒錯。想到這裡，明明不必在意的我開始擔心起來。她好像提過身為千金小姐的自己這麼做會挨父親的罵之類的話吧……？

「這、這樣沒關係嗎？」

「什麼意思？」

「妳不是在私密帳號上說過這樣會被罵嗎？」

「聽妳這麼一說，好像是呢。」

「什麼聽我這麼說啊……」

她事不關己的這麼說，更進一步加劇了我的不安。但是她一副完全無所謂的樣子繼續開口說：

「對我而言挨罵是很平常的事，一點都不奇怪。妳也不必在意喔。更何況——」

「更何況？」

「因為我是個失敗作，就算做這種事也不覺得有什麼罪惡感。」

這麼說完之後，她有些開心似的笑了出來。什麼嘛，原來完全不需要人擔心啊？總覺得鬆了口氣，同時還有點掃興。

「沒錯、沒錯。看來這孩子跟我一樣喜歡上這裡了，有時候還會比我更早跑來呢。」

「咦？那不就代表經常翹課嗎？」

「的確是這樣沒錯呢。」

「……我是不是被認為經常翹課啊？」

「因為最近覺得和程度不同的人上同一堂課麻煩得要死，所以這樣正好。」

「這樣啊……」

「總覺得妳們對我有很嚴重的偏見耶～？」

總覺得她講到「正好」的時候眼睛閃閃發光。雖然覺得翹課不是該這麼興高采烈討論的事情……不過如果能看見眼神陰鬱的她這麼炯炯有神的樣子，或許也不錯吧。儘管我不確定就是了。

「唉，算了。既然三個人都到齊了，就來聊點正經事吧。」

娜娜放下智慧型手機，伸起懶腰這麼說。

「正經事？」

話說會是什麼事呢？畢竟快要考試了，會是怎麼應付考試之類的嗎？

「是症候群的事嗎？」

「沒錯、沒錯……看露露的表情，妳是想到哪裡去了？」

「應、應付考試之類的。」

「那個妳自己搞定啦！」

面對她嚴厲的話語，我找不到話來反駁。

「難不成妳又掌握到什麼新情報了嗎？」

艾莉姆無視我，催促娜娜講述關於症候群的事。

「不，有件事情還沒討論吧？」

還沒討論的事……？

我疑惑地注視著娜娜，見她伸手指著某個方向。我沿著她的手看了過去，眼前是正在嘆氣的艾莉姆。

「妳為什麼回得了家了呢？」

「啊……」

我們的確還沒談過她治好症候群的理由。只要弄清楚這件事，我們的症候群也能痊癒也說不定。

「這件事我也很在意。」

於是，我為了讓艾莉姆願意開口而加上一句話。

「原因明明是不想回家，卻沒做什麼特別的事情就治好了不是嗎？關於這點，妳有頭緒嗎？」

她居然想得這麼深入啊……我雖然很在意，但從沒想過這麼困難的事。

不過經她這麼一說，我們還真的什麼都沒做。畢竟我們只是跟她一起回去，而艾莉姆看起來也只是普通地開門罷了。儘管如此，症候群卻治好了，這究竟是為什麼呢？

被這麼詢問的艾莉姆露出苦澀的表情不發一語。她自己大概也不清楚理由吧。畢竟如果知道，她應該會馬上回答才對。

過了不久，她緩緩開口說：

「關於這件事，我也一直在思考。畢竟正如妳所說，我並沒有做出任何像是解決方式的事。」

「沒錯吧？」

「是的。然後我才想到，自己到目前為止從來沒有『邀請客人回家』過呢。」

「咦，竟然相反？」

「相反是指？」

「千金大小姐的生日宴會之類的不都會辦得很盛大嗎？」

這時艾莉姆的表情變得比剛剛更加艱澀，似乎正在絞盡腦汁思索什麼。她究竟在思考些什麼呢？這話題的走向也讓人完全猜不透。儘管我試圖做出自己有在聽她說話的表情，但或許沒有傳達給她。

「……我沒有自己邀請客人回家過。」

「也就是說，我們姑且算是妳想邀請的客人嘍？」

說這句話的娜娜顯得有些得意。與之相反，艾莉姆顯得一臉厭惡。

「雖然有點不情願，但就是這麼回事。所以，或許就是這件事的影響也說不定。」

「是指主動邀請他人回家嗎？」

「沒錯。或是只要有願意回家的念頭就可以了也說不定。」

「也就是想回家就行了呢。」

「是啊。所以，從今以後如果因為症候群回不了家而導致不方便時，我會考慮邀請朋友試試看。當然那個時候會好好招待客人就是了。」

「沒錯，就是招待啊～！之前明明超期待，最後卻直接解散了嘛～」

娜娜笑著這麼說，我也對此表示贊同。

「其實我也有點期待……」

究竟會端出什麼呢？紅茶嗎？還是玉露？難不成是超高級的咖啡？當時內心因為期待而興奮不已。或者更正確地說，我開始好奇她家裡長成什麼樣子呢。

「……下次要來我家嗎？」

沉默了一陣子之後，她不情願地擠出這麼一句話。

「不必這麼認真地煩惱啦。開個玩笑而已，對吧？」

「是、是啊……」

娜娜維持和剛剛一樣的笑容，一副無所謂地揮揮手。雖然對我來說不是玩笑，而是真的有點想去，但還是當作這樣比較好吧。畢竟弄壞她家的東西會很麻煩，說到底，我們也還不算是朋友嘛……

「比起這個更重要的是，艾莉姆回家時做出與平時不同的行為，結果症狀因此獲得解決了喔。」

沒錯。現在重要的是如何解決症候群。

「也就是說，只要做一些平時不會做的事情就行了？」

「沒錯、沒錯。而且還要做與症狀有關的事。」

必須和症狀有關，又是平時不會做的事啊……

「就算妳這麼說，我一時也想不到耶……」

突然聽見這句話，我想到的只有國中之後就再也沒打過的排球，但之前體育課打排球時應該沒有任何變化才對。不然的話，就不會因為身體不適而要求休息了。

「確實～我也沒辦法馬上想到。」

「慢慢地一個個嘗試就行了，畢竟也沒有設定期限。」

「說得也是呢。也不會因為在某個期限前不解決的話，就有生命危險嘛。」

如果真的有這種限制，肯定會比現在更麻煩，而且也會在社會上引起更大的騷動吧。要是有很多人都被這種不明究理的病奪走性命，即使一連好幾天都上新聞也不奇怪。

「誰知道呢～？如果年齡脫離『少女』的年紀，或許就會像這樣……有生命危險也說不定。」

「妳要這麼說的話，我們能不能被稱作少女也很難說吧？而且據說年紀更大一點的人也會得病呢。」

「照妳這麼說確實……如果被人稱為少女，或許會有點困擾呢。」

說起少女的印象，大概是從戴著黃色帽子的時期開始，到揹著硬式書包的時候為止吧。對年長者而言，差不多就是小學生左右。不過依照個人成長程度不同，也可能成熟到就算揹著硬式書包也不適合被稱作少女的情況。

「如果會得到這種病，或許就是在暗示妳從小時候就一直沒有成長呢。」

娜娜的這句話，瞬間讓場面冷了下來。雖然被稱作少女沒什麼特別的感覺，被說成毫無成長總覺得不太開心。應該不會這樣吧？就算是我，從小學畢業後應該也有所成長才對。不如說，沒成長就麻煩了。希望沒那回事啊……

「我說妳，從剛剛就一直說些挖苦人的話耶？」

「唉，這也是迴力鏢就是了。」

「迴力鏢……？」

「啊，妳不太懂網路用語啊？」

「就是說出的話也會傷害自己的意思，沒錯吧？」

「對對對。」

「……如果是這樣，直接明講不就好了嗎？」

艾莉姆緊握雙手不斷顫抖著。有、有這麼誇張嗎……？

「這種事就算不懂也一點都不需要覺得羞恥，不必氣得滿臉通紅啦。」

「我才沒有！」

明明就有。既然她覺得沒有的話，還是別多管閒事比較好吧。不碰神明不遭天譴……

總覺得把她當作神明有點超過就是了。

「差不多快打鐘了，該回去的人快點回去吧。」

娜娜注視著智慧型手機這麼說。雖然很麻煩，但還是必須回去才行。

「……咦？難不成只有我嗎？」

「似乎是這樣呢。」

「加油喔～」

「唔哇——！」

○

這是在某天的第五堂課發生的事，這天我們三人聚在一起。話雖如此，但我們也沒特別做什麼，就是各自做著自己的事。

「這個名稱究竟是誰取的呢？」

對於我突然想到的疑問，至今一直低著頭的兩人抬起頭。雖然距離下課後來到這裡已經過了一陣子，不過這或許是我們今天第一次對上眼。娜娜的眼睛還是老樣子浮現心型圖案，艾莉姆的眼神則依舊黑漆漆的。

「名稱？」

「症候群的名稱啊。之前不也提過，我們已經是難以被稱作少女的年紀了吧？」

「話雖如此，真正的少女似乎不會得到這種病呢。」
「這麼說來也是。」
其實我也沒想得這麼深。雖然現在回話的人是娜娜，但艾莉姆似乎也有同樣的想法。她們兩個到底想得多遠啊？是我沒辦法理解的地方嗎……如果是的話，那可就麻煩了呢。
「不過就算撇開這件事不談，我在想為什麼會用這個名稱來稱呼。因為這不是正式的名稱對吧？……咦，是這樣沒錯吧？」
「應該是這樣沒錯。畢竟正式的醫生不會診斷出這種病。」
「嗯嗯嗯。應該是這樣才對……」
儘管我也被父母帶去醫院看過病，但我只是隨波逐流，覺得父母會聽醫生說明就沒怎麼仔細記。不過既然是艾莉姆說的，那事情應該就是這樣。
「即、即使如此還是廣為流傳了不是嗎？那麼應該有人刻意宣傳才對。」
我的這句話令兩人開始思索起來。看見我隨口說出的話居然讓她們這麼認真思考令人有些吃驚，同時也對她們能有如此反應感到高興。該怎麼說呢，應該是沒想到我的看法能幫上忙吧！
「這麼說來傳播得可真廣呢。就連綜藝節目也很稀鬆平常地在用這個詞。」
「啊，最近新聞上好像也出現過喔。」

「我沒在看電視，所以不太清楚這方面的事……但我知道網路辭典上也有記載。雖然都是些未經查證的內容，所以覺得不太可靠就是了。」

可以當作這件事造成的影響比我想像中來得更大嗎？雖然這不是件好事，或許發病的人就是這麼多也說不定。

照娜娜的想法看來，這代表世界上患病的人就是這麼多。唔哇，太絕望了吧……

「我剛剛查了一下，主張這個名字是自己想到的人似乎有兩個呢～」

娜娜將顯示搜尋結果的智慧型手機畫面展示在我們面前。上面顯示著一名用真人相片當作頭像，以及一個用插圖頭像的人。雖然兩人散發的氛圍不同，似乎都是私密帳號領域的人。因為不清楚有沒有看過他們，我歪頭思索著。

「也就是說，想出這個名字的人就在他們兩個之中？」

「不知道耶。搞不好兩個人都在說謊也說不定。」

「畢竟網路上這種造假經歷的人似乎很多呢。」

「為什麼妳總是知道這種偏見啊？」

我認真注視著兩人的頭像。但是由於無法得出結論，便從畫面上轉移了視線。

「我不懂這麼困難的事啦。」

「明明是妳提起的耶？」

「因為我不認為妳們會這麼認真思考，只覺得會拋下一句『不覺得這個無所謂嗎？』就帶過嘛。」

「正因為曾經想過，所以聽到這個話題才會有反應啊。」

「果然是這樣啊？」

如我所料，她們真的思考過這件事。

「另外就我個人而言，沒有出現男性病例也很令人在意。」

「唔哇～都叫這個名字了，即使有感覺也很難開口！」

「雖然這名稱聽起來會以為只有女性才會得病，難道不是這樣嗎？」

「畢竟命名的人未必都會先好好確認過嘛。」

「原、原來如此……」

「正因為大家都這麼想，才更難以啟齒吧。畢竟出現的記號也挺誘人的。」

「不過，如果只有女性才會發病，反倒更讓人不解了呢。」

「或許男女間的差別就是解決的關鍵也說不定喔。」

「如果男性不會發病，或許能從那方面找到解決方法也說不定呢～」

「啊，是這麼回事嗎……？」

「不知道，真是充滿謎團的病呢。」

「真的，都開始懷疑能不能解決了。」

「別氣餒、別氣餒。」

「雖然一副事不關己的樣子，但娜娜自己也還沒解決吧！」

○

我在隔天放學後前往屋頂，發現艾莉姆早就在這裡放鬆起來。雖然覺得千金小姐在空無一人的屋頂上放鬆很詭異，因為事實就是如此，我也只能這麼形容。

「午安。」

艾莉姆發現我之後，拿下耳機這麼對我說。因為她用的耳機和我同款，讓我有些吃驚。那是買智慧型手機時附贈的，導致在奇怪的地方湧現出一股親切感。

「午安。只有妳一個人嗎？」

「沒錯。娜娜暫時還沒出現。」

「嗯——我想像不出那個人老實上課的模樣，感覺有些不可思議……」

我坐在艾莉姆身邊，老實地說出感想。雖然當面這麼說她肯定會生氣，但她現在不在所以沒關係。

我試著想像娜娜坐在座位上，認真上課的模樣。但是腦中的她總是會不知不覺變成眼睛沒有心型圖案的其他人。如果想維持娜娜的形象，想像就會突然中斷。

「儘管如此，別看她那樣，她的成績可是名列前茅喲。雖然曾經以為她和老師有一腿，但從那個反應看來，應該是純粹的實力吧。」

「榜單上真的有她的名字嗎？」

「咦？妳沒看過嗎？」

「嗯，沒有。畢竟我也是聽娜娜提到，才想起來有那種東西。」

聽我這麼說，艾莉姆淺淺地笑了笑。如果換作相當親暱的朋友，應該會邊開玩笑邊互損才對。正因為感情沒那麼好，就連笑容都會有種距離感。這種關係也不全是好事。

「……畢竟起初會對排名有興趣而前來觀看的人，現在幾乎看不到了嘛。成績前段班的最近也都是固定班底，或許大多數人都已經不再對排名感興趣了。」

她像是說給自己聽似的提出幾個假設。語氣十分強硬，感覺有點可怕。

「沒錯、沒錯。對我來說，名列前茅簡直就像作夢一樣喔。」

我想都沒想，或者該說不經思考隨口這麼回答。原以為這會換來她的笑容，但事情並非如此。艾莉姆的表情依舊認真。對她而言，我的話一點也不有趣吧。不過這也沒辦法，每個人的笑點不同，而且也沒必要勉強露出笑容。

嗯——有沒有其他話題呢？像這樣一直保持沉默也很尷尬。難得都來到屋頂上了，總覺得不想立刻回去。

「那個……？」

當我打算問她有沒有什麼有趣事情的時候，艾莉姆再度盯著我看。她的嘴巴微微張開，似乎想說些什麼。

「怎麼了？」

「不……那個……」

她又看向別處，閉上了嘴。

「如果是難以啟齒的話，不說也沒關係喔。」

「不……我要說。」

艾莉姆下定決心似的如此宣言。儘管我因為看到她有些逞強的模樣而有些畏縮，還是繃緊神經準備迎接她接下來會說的話。既然這麼難以啟齒，是很直接的中傷嗎？因為算不上朋友，所以或許會被這樣子罵，但心情上也挺難受的。我很清楚自己不會讀書，以及必須更加上進的事。

「幹嘛？」

「就算露露成績很差，家裡也不會處罰妳吧？」

但是艾莉姆說出的話與我的預期不同，這使我稍微鬆了口氣。可是，為什麼會在意這種事呢？話說回來，既然提到處罰……難不成艾莉姆被處罰過……？

不不不，再怎麼說這也想太多了。畢竟如果在這個時代做這種事，絕對會被抓走。

做出結論之後，我回答她的問題。

「與其說是處罰……我曾經被扣過零用錢喔。」

「大概多少？」

「成績越差、罵得越凶，也就扣得越多。在這之前大概被扣了五百圓。」

「……妳平時大概能拿到多少呢？」

「雖然這都要端看爸爸當時的心情，但是大概四千圓左右吧。有時候還會因為事先預支而減少就是了。」

「……原來如此。」

她露出複雜的表情點了點頭。到底是了解了什麼啊？

「其他呢？」

「其他……嗯——沒有了吧。被罵的時候雖然不開心會頂嘴，但我最近才知道，他們是因為我做得不好才會生氣。」

聽到我這麼說，表情複雜的艾莉姆突然當場愣住。

咦？怎麼回事？很可怕耶？

「我說了什麼奇怪的話嗎？」

「不，只是沒想到會從露露口中聽到如此有智慧的話，不小心就……」

「這樣算是有智慧嗎？」

「……至少我完全沒想過會從露露嘴裡聽到這種話。」

「唔哇～妳這不是完全把我當笨蛋嗎！」

雖然氣氛變得有些尷尬，既然她沒有否認，代表就是這麼一回事吧。可以啊！我無所謂啦！

「就算是我，也會變得懂事喔？雖然遠遠比不上艾莉姆就是了。」

「其實我也沒那麼懂事喔。」

「咦？」

「所以才會用私帳罵了那麼多。」

「啊，這麼說也是。」

她這麼說也沒錯。一旦被罵，不管對方的主張有多麼正確，不高興就是會不高興，所以才會換個地方發洩憤怒。

「這麼一想，總覺得艾莉姆果然也是個普通的女高中生呢。」

「真的嗎？」
聽到我這麼說，艾莉姆雖然表現得有些隱諱，但顯得很開心。是因為比起被人隨便當成特別人物，被說普通會比較開心嗎？總覺得有點似懂非懂的感覺。
不過，如果她比較喜歡這樣，那就這麼對待她吧。再說也沒必要特別說些奇怪的話去激怒她。
「嗯。妳用的耳機也是買智慧型手機附贈的吧？」
「是這樣沒錯，怎麼了嗎？」
「不，只是以為妳會戴更高級的耳機，感覺很意外。」
「用來用去還是這個最好用啊？」
「我沒用過其他品牌所以不太清楚……但用久了之後，總覺得這才是最適合我耳朵的品牌。」
「深有同感。」
「畢竟最近流行的無線耳機感覺很容易掉，挺可怕的。」
「喔……我也有朋友使用那種耳機，她說不見的時候非常麻煩。因為很小，所以找起來非常辛苦。」
「果然嗎？」

「雖然最後還是找到了，所以沒事。」

「這樣啊。那真是太好了呢。」

「是啊。」

「不過，說不定很難想像艾莉姆趴在地上找東西的樣子……」

這就跟沒辦法想像娜娜老實上課的樣子一樣。換成錢包裡掉出十圓卻撿都不撿的模樣還比較能想像。

「這種事我還是會做喔。畢竟弄丟的是朋友的東西。」

「這點也很意外。」

「……露露雖然一副乖乖牌的樣子，倒是挺直話直說的耶。」

「啊，不，因為妳看嘛。」

要、要被告了嗎！

「不必這麼緊張。」

這似乎是我今天第一次見到她開心的笑容。原本臉就長得好看，笑起來更是可愛。我對差點看入迷的自己感到吃驚。現在可不是著迷的時候！

「不，因為我以為說了奇怪的話就會被告……」

「我沒那麼簡單就告人啦。」

「是、是這樣嗎？」

「聽清楚嘍，所謂的開庭呢……」

「不，不用跟我解釋這種事！」

「是這樣嗎？」

為了從看起來有些遺憾的艾莉姆身上轉移視線，我拿出智慧型手機觀看時間。時間已經過了很久，差不多該回去了。

「我要回家了，艾莉姆呢？」

「再稍微待一會兒吧。」

「這樣啊。那麼……」

我們並未約好明天再見，而是各自依照當下的心情決定，所以我默默地揮了揮手。艾莉姆也同樣對我揮著手，這令我非常開心。

哪天換她先回家的時候，我打算當作今天的回禮向她揮手。

◆少女的甜蜜企圖與被牽連的少女們

「對了，來聊戀愛話題吧！」

「咦？」

「嗯！立刻來聊吧！」

「咦咦……？」

我因為這突然出現的提議吃了一驚，還以為是自己聽錯而複述了一次。

「就是戀愛話題啊。戀・愛・話・題。妳聽不懂嗎？」

她那相當瞧不起人的語氣讓我有點不開心。我怎麼可能不知道？換作是以前的我，這件事可是和互吐苦水一樣喜歡耶。

「雖然知道，但妳真的想聊戀愛話題嗎……？」

她究竟是基於什麼思考邏輯才講出這種話的啊？真是的，我完全不懂她的想法。

我困惑地朝艾莉姆看了過去，才發現她也是一臉不解。

「實在沒想到提出這個話題人會是妳。原以為就算有人提議，那個人也會是露露。」

「不，就算是我也不會想跟在場的成員聊戀愛話題啦。」

畢竟已經太久沒有聊過，這個詞彙本身早就從腦海中消失了。

「妳想想嘛，在背地裡說人壞話差不多也到極限了嘛～所以才想到戀愛話題。」

確實。我們幾個現在不時會聚在一起發牢騷，但我也想過這究竟能持續多久。發牢騷雖然很開心，但變成常態不是件好事。

「雖然不是不明白，但我們真的要聊這個嗎？」

「幹嘛？有什麼不能聊的理由嗎？」

「不，只是覺得共犯關係應該不會聊到這方面才對……對吧？」

我為了確認艾莉姆的看法，朝她看了過去。

「正因為是共犯才不會到處宣揚吧？從這點看來，這或許比隨便和朋友談論更容易保密也說不定。更何況，如果要做些平時不會做的行動才是解決症狀的關鍵，做這種事或許很重要。」

「沒錯、沒錯！妳挺懂的嘛！」

「咦？」

原以為艾莉姆會說些「這太無趣了」之類的話，她卻出乎意料地給出正面回應，這令我十分吃驚。或許是發現了我的想法，艾莉姆小聲地說一句：「我也是會和人聊戀愛話題的。」千金小姐似乎也會聊戀愛話題，這方面和一般的女高中生沒什麼差別。

「就是這樣！那麼，妳們不講的話，可以讓我打頭陣嗎？」

「不如說，當妳提議的時候就已經有想講的話題了吧？」

「是這樣沒錯。就是啊，我喜歡的人是個學長。」

說起娜娜會喜歡的人，首先會想到的是穿著西裝的成年人。感覺她就是會跟這種形象的人談戀愛。與其說是互相喜歡……嗯，或許是比較接近被侍奉的一方。

「……哪裡的學長？」

所以我這麼詢問。總覺得她所說的學長是人生方面的。緊接她先是嚇了一跳，隨即朝我瞪了過來。

「是這間學校的學長！」

「咦，是這樣啊？真意外！」

「要說到喜歡的人，就應該那樣吧。我想娜娜應該只把人生學長之類的，當成能玩弄在股掌之間的對象而已。」

艾莉姆立刻接上話。啊，意思是戀愛對象果然年紀相近比較好嗎？那樣的話我就能理解了，畢竟年紀相差太大會讓人不安嘛……當我想到這裡，娜娜又瞪向艾莉姆。

「慢著，可以別把妳們擅自的想像強加在我身上嗎？」

艾莉姆也不甘示弱地瞪了回去。

「這不是隨便想像。畢竟妳看起來就像在說『我就是這樣的人』啊。」

「既然這麼說，妳不也是不想當千金小姐，卻處處展現千金小姐的風範嗎？這樣又算什麼？」

發現氣氛變得惡劣的我不知該如何是好地來回看著她們兩人。她們為什麼總是會說些互相挑釁的話呢？即使只是互相利用的關係，感情好才是最重要的吧！

「這是因為這麼做比較方便啊。」

「啊，果然是這樣啊？」

但是事態並未進一步惡化。

「是的……雖然包含這點在內，我都不太喜歡就是了。」

「哈～真辛苦呢～」

「真是的，妳完全沒這麼想吧？」

雖然對話內容依然針鋒相對，語氣相對冷靜下來了。我鬆了口氣，總算放心了。

比起讓話題轉往麻煩的方向，不如引導到戀愛話題還比較和平。雖然輪到我說的話挺讓人害羞的，但我也想聽聽她們兩個的戀愛故事。畢竟她們和我不同，各方面都很引人注目，完全猜不到她們的故事究竟是什麼情況。老實說，我甚至無法想像她們墜入愛河的模樣。於是我老實地試著開口問：

「姑且不論娜娜的形象，我對妳喜歡的人很有興趣！他是什麼樣的人呢？」

正因為很久沒聊戀愛話題，感覺聲音也自然變得高亢起來。由於有點害羞，我咳了幾聲讓自己冷靜下來。

「妳很在意嗎？」

「當然在意啊，對吧？」

「不，我其實沒什麼興趣。」

「啊，咦？是這樣啊～」

從剛剛開始我徵求的同意就完全得不到回覆。千金小姐與我的價值觀果然不同啊……

「如果平常是這種感覺的她單純地『喜歡溫柔的人』，或許會覺得很有趣吧。」

「怎麼可能！不會有那種事啦～對吧？」

「嗯？就是這樣子啊？」

「咦？」

見她認真地同意這種說法，我不禁反問。

「不，正確來說不是這樣吧。我喜歡的是對我溫柔的人。」

「……這樣我就能接受了。」

正如她剛剛說的「有趣」，她揚起嘴角笑了出來，可是眼神完全沒在笑。真要說的話，是種覺得無趣的眼神。這是什麼樣的感情呢？我也完全無法理解艾莉姆的想法。

「什麼意思？」

而我則因為不懂她話中的涵義開口詢問。溫柔的人不是對誰都很溫柔嗎？

「畢竟對其他人溫柔，對我卻一點都不溫柔的人到處都是啊。」

「也就是只對親近的人溫柔吧。這種人只是懂得察言觀色啦，並不是真正的溫柔。」

「啊啊，是這樣啊……」

的確也有人在別人面前會擺出容易親近的樣子，但只要與我獨處就會突然面無表情。

「那麼，娜娜喜歡的人對娜娜也很溫柔嗎？」

「嗯。說實話，我希望他只對我一個人溫柔就是了～」

「哦哦！剛剛的發言超有少女感的耶……！」

「妳幹嘛在這種奇怪的地方感動啊？」

「不過這種人不就是因為對誰都很溫柔才有魅力嗎？」

對於艾莉姆點出的事實，娜娜的表情陰沉了下來，感覺有些難過。

「就是說啊～畢竟我無法想像他只對我溫柔的樣子，而且也覺得這樣挺討厭的。」

「況且，就是因為對誰都很溫柔，才會溫柔地對待妳……我有說錯嗎？」

艾莉姆緊接著點出的事實，終於讓娜娜低下頭，長長地嘆了口氣。

這聲嘆息感覺既像是過於疲累，又像是已經放棄。會這樣也是理所當然的吧。畢竟艾莉姆說出的話，實在太傷人的心了。

「……這種事我當然知道啊。」

娜娜用快要消失的聲音呢喃。雖然完全無法想像她的感情世界，不過從現在聽到的話看來，似乎和我們沒什麼差別。

「話說回來，我嚇了一跳耶。原以為妳絕對是只會被男人追捧的那種人，原來還挺純情的呢。」

「我也這麼覺得。」

「我的名譽受損也太過分了吧？」

雖然不知道這能不能稱為名譽受損，但我不太懂這個詞彙的意思，所以沒說什麼。再說一旁的艾莉姆也什麼都沒說。

「講白了，被人追捧也挺麻煩的吧？感覺那些男人會互相爭風吃醋，我可沒辦法安撫他們。」

「啊，看起來妳的確做不到呢。」

「等一下！妳這話是什麼意思！」

「就是字面上的意思。」

「這麼直接肯定，讓人超不爽的耶……！」

「好……好了、好了，兩位冷靜點。」

發現氣氛再次惡化的我這次介入、制止了她們。聽見「冷靜」這個詞彙，兩人一臉不滿地閉上了嘴，但感覺隨時都會開口挑釁。

「到、到頭來只知道娜娜喜歡的人對誰都很溫柔而已呢。妳和那個人最後到底怎麼樣了呢？」

為了防止那種事發生，我將話題拉回來。

「總覺得不想繼續說下去了，接下來就來聽聽她的故事吧。」

娜娜這麼說完，繞到艾莉姆背後抓住她的肩膀。

「什……我沒什麼能告訴妳們的故事喔！」

她半強硬地甩開肩膀上的手，表情透露出些許怒意。這也是理所當然的，畢竟突然被人觸摸，無論是誰都會抗拒。

「咦～妳不是說過因為不會洩漏出去，反而更容易說出口嗎？」

娜娜眼看無計可施，只好回到原本的位置坐了下來。

「那只是其中一種看法，並不構成讓我開口的理由。」

「艾莉姆喜歡的人……嗯～大概是正經八百的人吧～？」

「這對艾莉姆來說是最基本的要求，對吧？」

娜娜笑著朝艾莉姆看了過去。接著艾莉姆訝異地瞪大雙眼，表情變得僵硬，臉頰慢慢變得通紅，就像是被煮熟的章魚一樣。雖然我沒看過，但看起來就像那樣，十分有趣。

「才……才不……才不是呢！」

「唔哇，動搖到連我都嚇了一跳。難不成被我說中了？」

「怎、怎麼可能有那種事！」

因為沒想到她會如此驚慌，我不自覺地笑了出來。還是說她在面對學校朋友時就是這個樣子呢？搞不好就是這樣也說不定。雖然無法想像，但她剛剛那驚慌失措的模樣並不讓人覺得突兀。

「看她的反應似乎是猜中了呢。畢竟連說話方式都變奇怪了嘛。」

「真意外。」

「嗯，真意外。」

「該怎麼說呢，如果是腳踏實地倒還能理解，總覺得正經八百的人不太適合耶。」

「明明是妳說的，卻說不適合嗎……？」

「嗯。因為只是隨口說說的。」

「隨口……也就是說，只要我不做出反應就沒事的意思呢……」

她臉上浮現宛如世界末日的表情。如果會對這種程度的戀愛話題感到絕望，那遇到更刺激的話題不就會死掉了嗎……？

雖然我這麼想，但因為沒人點出這件事，因此我也閉口不提。依照現在的情況，接下來也會輪到我。就算不會被洩漏出去，我也不想說出太深入的話題。

「話說回來，妳擅自對我的想像就算不適合也無所謂吧！沒錯，我就是這麼喜歡正經八百的人！」

「哦，豁出去了。」

「我也覺得正經一點的人比較好喔。」

國中的時候我覺得有點壞的人更有魅力，所以曾經與敢反抗老師的人交往過。但隨著他對我的態度越來越差，最後我終於哭了出來。隔天排球社的朋友們發現我哭過的事、把事情說出來之後，她們跑去替我打抱不平的事也挺讓人懷念的。雖然他說會反省、要求復合，記得好像是因為大家都勸我們分手比較好，最後還是分手了……

「不過『就是這麼喜歡』挺讓人在意的呢，是有什麼執著嗎？」

「執著……沒錯，就是執著。」

「是怎樣的執著呢？超讓人在意的耶。」

「嗯，我也很在意！」

艾莉姆為了冷靜下來，緩緩地做了深呼吸，猶豫是否該繼續說下去。但或許是承受不住我們兩人的視線，她再度開口說：

「寬以待人，嚴以律己……我認為自己喜歡這種自律的人。」

「認為是什麼意思？怎麼回事？妳不是已經有喜歡的人了嗎？」

「對啊，發生過什麼事嗎？我很在意啊～！」

「關、關於我的故事可以到這裡結束嗎？我也很在意露露的故事！」

聽到她的話，娜娜也朝我看了過來。

「咦，我嗎！」

雖然知道會輪到我，事到臨頭還是嚇得全身發抖。

「確實很讓人在意呢。根據她說過的話看來，到國中之前似乎都待在班級中心，搞不好經驗其實很豐富也說不定？」

「才沒那回事呢！」

「真的嗎？」

「真的沒有啦！」

為什麼會被這麼想啊！她們兩個的經驗絕對更豐富才對啦！肯定是這樣！

說到底，我不知道要到什麼程度才算是經驗豐富。既然不清楚她們的標準，隨便開口只會讓事情變麻煩吧。我想儘量避免這種情況。

「就算那是真的，也一點都不有趣喔！畢竟妳看，我只是個普通的女高中生嘛！」

「我想就是因為不普通，才會罹患症候群並出現在這裡耶？」

「對於討厭的人明明能侃侃而談，卻說不出關於自己喜歡的人的事情嗎？」

一旦變成受到關注的立場，才感受到兩人身上的驚人壓力。老實說我並非不想聊這件事，但會猶豫究竟該說些什麼，再說會擔心被她們說內容不有趣；話雖如此，我也害怕被人深究。因為我是最後一個，所以也不能像剛剛的艾莉姆一樣把話題扔給下一個人。該怎麼辦！真是困擾！

「……現、現在大概是想和願意好好注視自己的人談戀愛吧……」

最後我因為敗給兩人的視線而開了口。畢竟她們也只說了這種程度的內容，那麼我也這麼做就行了吧。

可是，她們兩人朝我投來帶有某種不滿的眼神。

「明明期待更刺激一點的話題耶。」

「畢竟外表越是樸素的人，意外地越會有那種傾向呢。」

「為什麼只有我必須講那麼多才行啊！再怎麼說也太不公平了吧……」

要是兩人說的內容比較刺激，或許我也會講出自己經歷過的事也說不定，但我才不要一個人在她們沒說的時候講這些事。

「話說回來，原來艾莉姆覺得我很樸素嗎！」

聽到我這麼說，她露出一副像是在說「不妙」的表情。正因為她沒有惡意，才更讓人覺得不開心。

「不小心就說溜嘴了，真的非常抱歉。」

然而艾莉姆此時朝我深深低下頭。

因為她低頭的動作太過自然，而且姿勢非常優美的緣故，使我不禁語塞。

「啊，呃……我沒那麼在意啦，沒事的。」

並不假思索地直接原諒了她。

「謝謝。」

隨後她立刻抬起頭來，臉上掛著可說是計謀得逞的誇張表情。

我忍不住感到震撼。

「唔哇～真誇張的千金小姐之力。」

「像這種時候就很有用呢。不過，可以別用這種說法嗎？」

「也沒有除此之外的說法了吧？」

「當然沒有。」

○

午休時間，我沿著樓梯爬到屋頂上。由於今天相澤同學和田中同學去參加幹部會議的關係，沒辦法一起吃午飯，所以我抱著或許能遇見她們其中之一的想法前往屋頂。

雖然艾莉姆出現的可能性並不高，但娜娜或許會在。畢竟今天的天氣就和我發現娜娜私密帳號時上傳的那張關鍵照片一樣晴朗。說天氣熱，倒是挺熱的，但她現在或許正在拍照。雖然覺得剛好撞見的話會很尷尬，不過到時候應該只要笑著帶過就行了……大概啦。

話說回來，就算她真的對我發火，錯的也是在公共場合做這種事的她，責任不在我身上。到時候就盡可能地敷衍過去吧。

「……咦？」

我打開屋頂的門，發現這裡沒有人在，只有種在聊勝於無的花圃裡的花朵隨風飄動。

雖然驚訝，但有這種誰都沒來的日子也不奇怪。既然我有時候不會來，她們自然也有同時不來的時候。得出結論的我把腳伸得更長地在平時的位置坐下。

「我開動了。」

接著打開便當盒吃了起來。今天的午餐還是老樣子，是用昨天的剩飯做成的便當。雖然很好吃，由於味道會依照菜色不同過於濃烈偏鹹，所以我不太喜歡。比起這個我更喜歡冷凍食品，畢竟種類多樣又有趣。

「……這麼說來，她們便當都吃什麼呢？」

我突然想到這件事。仔細一想，因為有人會和我一起吃午餐，所以午休時間我從來沒有上過屋頂。只要和那兩人在一起，我心裡就會充斥某種難以言喻的煩悶感；話雖如此，刻意拒絕她們又覺得很麻煩。

因為這個緣故，我從來沒看過娜娜她們的便當。反正也沒其他事情好想，於是我順著她們給人的感覺想像起來。

從娜娜的形象看來，感覺她的午餐會是一個甜麵包。而且還是用料很好，即使分量不多，價格依然昂貴的高級品。是一種澱粉和脂肪控制得宜，甜味適中的麵包。我的腦中鮮明地浮現她每天準備這種麵包，邊使用智慧型手機邊吃的畫面。雖然從我的角度看來沒什麼不對勁，實際上又是如何呢？會是正式的便當嗎？不然的話，感覺會吃不飽。至少我每次因為家人時間不夠，用家裡給的錢去合作社買麵包吃的時候，肚子餓的速度總是比平時來得更快。如果娜娜不會這樣，有點令人羨慕呢。畢竟食量不大，就代表不容易胖。

至於艾莉姆的話，我根本不知道她平時吃些什麼，可以說完全沒有頭緒。畢竟她生活在連漢堡都沒吃過的環境中，所以大概和我平時吃的食物完全不同吧。像是魚子醬或是鴨肝之類的。不過，她有這麼常吃那種東西嗎？就算常吃，應該也不會裝進便當裡帶來學校才對……當我思考到這裡，就算她真的是帶便當，也猜不出內容物。

「啊！」

我的腦中突然想到一種在我的認知中，就算出現在艾莉姆便當盒裡也不奇怪的食物。那就是三明治。畢竟原本就是貴族吃的東西，身為千金小姐的她就算吃這個也不奇怪。

但是每天都吃三明治感覺很容易膩耶……畢竟能包的食材有限，就算種類很多，麵包本身應該也會先吃膩。

「啊……」

或許就是因為周遭的人總是把她們當成婊子或千金小姐，將這種先入為主的觀念強加在她們身上，才會導致她們得到求愛性少女症候群。可是實際上她們並不是那種人。

那麼至少患有同樣症狀的我該停止這麼做吧。

「我吃飽了。」

吃完之後，我將便當盒收好，為了轉換心情站起來，倚靠在能看見操場的欄杆上。館內有幾個看似早就吃完午飯的運動社團成員，正很有精神地玩著球。當我還是排球社員的時候，午休時也會特地跑到體育館打排球呢。社團活動時打排球，休息時間也打排球。現在回想起來，我並不清楚自己為什麼要做到這種地步。

當時的我覺得開心嗎……？

「啊——！真是的！」

感覺就算去思考這些也不太對，我從操場移開視線抬頭仰望天空，天色湛藍且萬里無雲。想到紫外線或許很強，我從後背包拿出防曬乳塗了起來。雖然早上已經塗過，但頻繁塗抹果然很重要。要是熱到會出汗，就必須增加塗抹的頻率才行。雖然希望今年別太熱就好了，可是就算這麼想，天氣還是會變熱，真是討厭呢。

這個世界討厭的事情變得太多了呢。

我再次體認到這件事。

○

「妳們兩個今天接下來有空嗎？」

這是我們三個放學後聚集在屋頂的某一天。

正當天色變暗、我們打算離開屋頂回家的時候，娜娜這麼詢問。我們一邊下樓梯，一邊繼續聊著。

「妳這種問法很讓人困擾。如果不先表明用意，我就無法回答是否有空。」

「要不要去一趟麥基屋再回家？」

「就去一趟再回家吧。」

「這麼通情達理真是太好了～！」

「那邊正好推出我有興趣的新漢堡，還在想什麼時候要去一趟，時機真不錯呢。」

話題如此順暢地進行，令我不禁眨了好幾次眼睛。雖然只有一瞬間，但氣氛變得有些險惡，令我產生一股被迫搭乘雲霄飛車的感覺。而且還是超快速的那種。

「那麼，露露妳呢？」

「啊～我想應該沒問題。不過為了預防萬一，我姑且先聯絡一下家人。」

「拜託妳了！」

見到娜娜這麼說並低下頭的模樣，我反覆看了好幾次。艾莉姆似乎也一樣，她和我一樣看著娜娜當場愣住。而娜娜本人則是一副不明白我們為何吃驚似的偏著頭。

「……沒想到會從娜娜嘴裡聽到『拜託』兩個字，而且還低下頭。」

「我有同感。因為嚇了一跳，害我心臟跳得好快。」

「真失禮耶。就算是我，有求於人的時候還是會很正經啦。」

她臉上的微笑也和以往不同，沒有那種……該說是有所盤算嗎？的感覺。不過她要是真的露出那種表情我也高興不起來，所以看見她剛剛的笑容感覺並不壞。

我抱著這種想法，和媽媽說自己今天會晚點回去，以及會在外面吃晚餐，不用準備我的份。或許是今天放假，她馬上就回了「了解」的訊息給我。

「媽媽已經同意了，我也去吧。」

「這樣啊。那真是太好了。」

「不過，拜託是怎麼回事？麥基屋現在正在舉行什麼優惠活動嗎？」

「雖然沒有，不過我有東西想讓妳們看。」

「有東西想讓我們看？」

我和艾莉姆同時開口。因為覺得這樣有些害羞，使我猶豫是否該繼續說下去；反倒是艾莉姆咳了幾聲後開口說：

「是無法現在立刻讓我們看的東西嗎？」

「雖然不是不行，但我肚子有點餓了耶。妳們不餓嗎？」

「不，我也餓了。」

「如果用走的，到店門口大概就餓了吧。」

「對吧？那我們走吧！」

我們追著比平時更加活潑的娜娜前往玄關。

「妳今天怎麼了？遇到了什麼好事嗎？」

「不，什麼都沒有啊？」

這時候的我還不知道，娜娜把我們找去麥基屋的理由，以及說想讓我們看而拿出來的東西……

○

「那麼，想讓我們看的東西是什麼？」

我們各自拿著裝著餐點的托盤走到座位上。艾莉姆正如她所說的拿著新出的漢堡吃了起來。印象中裡面放了很多蝦子，感覺十分美味，但因為我不清楚醬汁會多辣，所以還是選擇了習慣的套餐。

「總之就先吃完再說吧。」

娜娜一邊這麼說，一邊把沙拉醬淋在沙拉上。

「我是這麼打算，但妳該不會說其實什麼都沒有吧？」

「我才不會這麼說呢。」

我心裡想著明明是她說有東西想讓我們看才來的，同時因為肚子餓而咬了一口漢堡。

味道與平常一模一樣。

「這個漢堡，蝦子的量感覺比廣告上看到得還少……這算是廣告不實吧？」

艾莉姆放下漢堡這麼說。明明才剛開始吃沒多久，她卻已經快吃完了。她的食慾出乎意料地旺盛呢？

話說，廣告明明主打蝦子，卻沒放多少嗎！

「不是，從價格看來應該就很清楚了吧。」

確實，價格和普通的漢堡差不多。畢竟蝦子感覺滿貴的，所以裡面才放不了多少嗎？

這麼一說就能接受了。

「……這麼說也是呢。」

艾莉姆同意娜娜的說法，繼續吃了起來。這次她輪流將薯條和飲料放進嘴裡。

「姑且不論蝦子的量，味道怎麼樣？」

「和之前差不多好吃，但是有一點辣。雖然這一點我也喜歡就是了。」

「果然是這樣啊。還好我沒有點。」

「露露沒辦法吃辣嗎？」

「有點不太擅長吧。我比較喜歡甜食。」

我們聊著這些內容，不知不覺把除了果汁之外的東西都吃完了。

娜娜差不多該把提到的東西拿出來了吧？
「話說回來，妳想讓我們看的東西到底是什麼？」
「妳們對晚上的學校有興趣嗎？」
面對這突如其來的問題，我訝異地眨了眨眼。
怎麼回事？我用眼神向艾莉姆求助，而她則嘆了口氣。
「妳又想用問題來回答問題嗎？」
「這也沒辦法，因為接下來要讓妳們看的東西和晚上的學校有關！那麼到底怎樣？有興趣嗎？還是沒有？」
「對晚上的學校有沒有興趣嗎……」
在艾莉姆陷入苦惱時，我的腦袋終於理解她的問題。
我覺得晚上的學校給人的感覺非常浪漫。
「我的話稍微有點興趣吧。雖然黑漆漆的很可怕，但還是想看看空無一人的學校。」
「哦哦，是這麼回事啊。那樣的話，我也有興趣。」
「果然是這樣對吧！會很想看吧！」
在娜娜的氣勢影響之下，我們兩人點了點頭。接著她從自己的後背包裡拿出一把鑰匙放在我們面前。那是一把似曾相似的銀色鑰匙，看起來比家裡的鑰匙大上一些。

「妳們覺得這是什麼？」

「咦？」

依照對話的發展看來，答案不是只有一個嗎……？

「學校的鑰匙？」

我戰戰兢兢地試著反問。緊接著，眼前娜娜的笑容變得和平時一樣像是有所企圖。她至今為止的態度都是為了讓事情順利推進才擺出來的也說不定。想到這裡，這股不對勁的感覺也就能說得通了。

「沒錯！晚餐吃完了，學校也差不多沒有人了，要不要回去看看？」

「這不是能這麼隨便說出來的事吧！」

「因為啊～能正大光明進去的手段就在這裡喔？如果沒有它或許會很困難，但只要有這個，事情就簡單了。」

雖然鑰匙是正常的東西，但女高中生晚上用它進入學校可一點都不正常。

「妳是從哪裡得到這個的？」

「這當然不能說啊。」

「是、是真的鑰匙嗎？」

「我中午確認過它能不能用了，毫無疑問是真的喔。」

「妳打算在學校做什麼？」

「這個嘛……」

此時娜娜的氣勢突然變弱。

「是不能告訴其他人的事嗎？還是純粹的好奇心？又或者和症候群有關？」

她害羞的方式與之前聊戀愛話題時很像。也就是說，是想嘗試與喜歡的人有關的迷信嗎？的確，似乎有穿上對方的室內拖鞋走幾步就會怎麼樣的說法。如果是這樣，也就能理解她不是選擇白天，而是挑夜晚這麼做的理由了。不過，還不確定她是不是真的要做這種事就是了。

可是，這種想嘗試迷信的地方很可愛，讓我想聲援她。

「到、到了學校我再說，所以妳們兩個跟我來吧。」

「妳已經開始口不擇言了呢……」

以娜娜來說這種做法十分亂來，不過戀愛中的少女都很拚命吧。一想到這裡，總覺得快要笑出來了。她搞不好比想像中更加純情？

「我們走吧。畢竟很有趣，而且……」

既然說不定和症候群有關，那麼跑一趟應該比較好，於是我表示同意。

「……雖然我很高興妳贊同我，但妳的眼神很讓人在意。幹嘛？這是什麼意思？」

「什麼也沒有喔？那麼，艾莉姆打算怎麼做？」

她有些煩惱似的閉上眼睛，接著突然睜開眼睛站起來。

「因為很在意，所以我也一起去。不過到了學校之後，妳一定要把目的說清楚喔。」

「就說我沒打算做壞事啦。」

「光是闖進學校就已經夠壞了喔。」

「這種時候就別在意這種小事了啦。」

我們兩人也從座位上起身，離開了速食店。

○

從遠處看，晚上的學校給人一種恐怖片般的氛圍。白天看見時明明讓人很安心，現在卻完全放心不下來。但因為她們兩個毫不遲疑地前進著，我也板著臉從後面追了上去。這裡跟國中時不一樣，沒聽說過什麼七大不可思議之類的事，所以應該沒問題吧……如果只是不知道的話，我可能會哭出來。

到了學校之後，艾莉姆一言不發地逼問娜娜。雖然娜娜顯得有些猶豫，最後還是認命地開口說：

「我打算做甜點。」
「啥？」
「甜點……？」
出乎意料的答案讓我也嚇了一跳。艾莉姆的反應則很像用私密帳號時的她。
話說，既然要做甜點的話，在家裡做不就好了，幹嘛特地跑到學校來做呢？
「家裡雖然有廚具，因為不常做甜點，沒有專用的器具，所以才想到要來學校做。」
雖然我想表達自己能理解她的意思，但娜娜早一步說明了情況。也就是說，她想做的是很正式的甜點嗎？如果是這樣，大概是想給喜歡的人，與我的猜測似乎不是一點關係也沒有。
「妳打算拿做好的甜點來做什麼？距離情人節還很久喔？」
即使如此，艾莉姆似乎仍然難以認同。她進一步朝娜娜詰問，距離近到一不小心就會碰到嘴唇。看來她真的非常不能接受。
「我沒必要說得那麼清楚吧！話說，可以不要擅自把『我要送給喜歡的人』當作這件事的前提嗎？」
「咦，不是嗎？」
艾莉姆筆直地注視著娜娜。

「不，那個，是不是靠太近了？妳的距離感出錯了嗎……？」

娜娜緩緩避開的視線已經出賣了她的想法。

「是沒錯啦……」

或許是受不了艾莉姆的視線，娜娜說出肯定的答案。似乎是無意間說漏了嘴，她自己也顯得很吃驚。

然而或許是理解說出的話無法收回，娜娜又恢復平常的表情並反過來朝艾莉姆逼問，這使得艾莉姆畏縮地後退一步。

「知道我的目的就夠了吧！好了，我們快走吧！」

娜娜這麼說完，把我和艾莉姆留在原地，快步朝校舍深處走去。我與艾莉姆四目相交，只見她不懷好意地說：

「如果我們沒有跟過去，她會擺出什麼樣的表情呢？」

「……嗯，畢竟我們沒義務要跟著去呢。」

我們之所以跟著過去，或許是因為夜晚的學校這種情境讓人有些興奮。當然也很在意她到底想做什麼甜點。

「也罷，要是事情不妙，就說是被她逼著來的吧。」

艾莉姆似乎也打算跟過去。總覺得我們兩個都對她太好了也說不定。

「說得也是呢。」

於是我們朝已經走遠的娜娜追了上去。

「妳們兩個很慢耶。幹嘛？該不會打算回去了吧？」

「不是啦，只是在想哪裡有放做甜點的材料而已。」

艾莉姆一臉平靜地撒了謊。

「妳竟然擔心那個嗎？我有好好地放在後背包裡啦。」

「這樣啊。那就好。」

「好了，鎖已經開了，我們進去吧。」

平常早上會走過的玄關真的打開了。我心中雖然充滿正在做壞事的罪惡感，仍然把自己是被娜娜慫恿，所以錯不在我當作藉口走進門中，並換上平時穿的室內拖鞋。

我們憑藉娜娜智慧型手機的光源前往家政教室。教室位在三樓的角落，距離滿遠的。

「比想像中來得更暗呢。」

「以晚上來說這還算是亮的，到了冬天可能會更暗喔。」

「寂靜無聲的學校，感覺真是新鮮呢。」

「畢竟這裡平常到處都是人嘛！」

我們一邊這麼閒聊，一邊肩並肩地邁開步伐。因為智慧型手機的光源並不算強，爬樓梯時總覺得有點恐怖。而且一想到或許有東西在，就讓我的心臟跳個不停。只要感覺到有什麼風吹草動，我就會全身顫抖。

不過我能夠想像，要是把這件事說出來一定會被取笑，所以我盡可能佯裝平靜地繼續閒聊。

「啊，是一年級的樓層耶。」

我因為娜娜說的話而仔細看了看，發現最前面的教室班牌上確實寫著一年級。這裡照理說是平時會經過的地方，我卻沒注意到。只是照明程度不同，就讓人感覺是完全不同的地方。

「因為距離二年級的樓層很遠，搞不好已經很久沒看過了。」

「妳會留戀這裡嗎？」

「完全不會耶？」

「我也這麼覺得。」

「妳們兩個應該沒喜歡學校到會對教室產生留戀吧？」

「這麼說也是呢……」

「我很喜歡喔。因為這裡不是家裡。」

「妳這不是用消去法嗎？這裡也不是妳想一直待著的地方吧？」

「是這麼說沒錯……」

我們爬上教室旁的樓梯前往三樓。來到三樓之後，總覺得稍微變亮了一點。

我們繼續在走廊上前進，終於抵達家政教室前。這時候我注意到了一件事。

「雖然進到學校，不過家政教室有另外的鑰匙吧？」

如果真的是這樣，就必須去教職員室拿才行，但是那裡應該也上了鎖。就算沒上鎖、順利進入教職員室，放鑰匙的箱子應該也會上鎖。就算拿到玄關的鑰匙，能夠進入的地方也有限，那麼不就是白費力氣了嗎……？

「別緊張。這是萬能鑰匙，每個鎖都能開。」

家政教室的門發出「喀嚓」一聲打了開來。那好像真的是萬能鑰匙，我驚訝到說不出話來。為什麼只是一介學生的娜娜能拿到這種東西呢？

「……說真的，妳到底是從哪裡弄到這種東西的啊？」

「想要嗎？我可要收情報費喔？」

「不需要。」

「不用講得這麼明白吧！」

她一臉開心地笑著打開家政教室的燈，於是家政課時見到的景色映入眼簾。不過現在不像白天外面會有光源，因此應該比平時更暗一些。

「話說回來，妳要做什麼？」

我這麼向從後背包裡拿出巧克力和圍裙等物品的娜娜詢問，東西多到讓我驚訝居然能全部塞進後背包裡。她好像是從家裡帶來的，今天打算提出什麼課題呢？

嗯……

仔細想想，娜娜看起來似乎沒打算提出課題，或許毫無關聯也說不定。真是個無比隨興的人。

「巧克力舒芙蕾。」

「咦，真的嗎？好棒～真羨慕妳要送的那個人。」

這是巧克力製成的甜點中我特別喜歡的一種。因為最近都沒吃到，讓人特別想念。

「如果有幫忙的話，給妳幾個也無妨喔？我就是為了用那個讓妳們上鉤，才準備了備用的圍裙。」

「我幫！」

「謝謝，幫大忙了……姑且問一下，艾莉姆呢？」

「我什麼忙都幫不上，在旁邊用看的就好。」

「感謝妳這麼坦白，我也不想被扯後腿。」

娜娜說著這種話穿上圍裙，看起來就像在哪裡工作的咖啡廳店員。因為她原本就很標緻，就算只穿白襯衫和牛仔褲也非常像樣……非常令人羨慕。

我一邊甩開這種想法，一邊穿上她借給我的圍裙。這是一件沒有任何花紋的樸素圍裙，雖然穿起來感覺不太適合……反正只有她們兩個看到而已，她們也對我的打扮沒興趣吧。我裝作不在意地洗起手來。

「果然千金小姐不會親手做甜點耶。還是說會讓女僕做給妳吃呢？」

娜娜俐落地從家政教室拿出必要的用具放到其中一張桌子上。雖然沒有準備就被帶來學校讓我有點不安，但她或許很擅長製作甜點。大概是因為才剛搬家，器具還沒買齊才來學校之類的吧。

……如果她只是裝作一副很厲害的樣子該怎麼？我也不太擅長做甜點，希望不要變得太麻煩。

「不，如果要送人的話，我會買市面上的商品。因為這樣最保險。」

「雖然我知道這樣比較保險，有時候也會想親手製作來表達心意不是嗎？對吧？」

因為她向我徵求同意，於是我點了點頭。

「就是因為沒有太多錢能用，我想至少該花點時間在這上面嘛。」

「沒錯、沒錯。畢竟零用錢也有限嘛。」

「簡直就像在說我的零用錢沒有上限一樣呢。就算是我也還是有限度的喔。」

「不過妳從來沒想過親手做禮物送人吧？」

「沒有呢。恐怕是我覺得親手做的也未必飽含心意的緣故吧。」

「是這樣嗎？」

「因為這是在沒有充分消毒過的廚房製作的東西吧？這種東西稱不上灌注了愛喔。」

「唔！」

被人說到這個地步，總覺得找不到話來反駁。原本還在想娜娜會怎麼回嘴，但她只是不感興趣地敷衍過去。

她綁起頭髮，用不符合她風格的感覺捲起袖子。她看來打算開始專心做甜點了。

「總覺得再講下去也無法互相理解，我專心製作舒芙蕾吧。」

「真是明智的判斷。」

「露露，拜託妳嘍。」

「啊，嗯。」

接下來我依照娜娜的指示製作起舒芙蕾，她以智慧型手機下載下來的影片當作參考來進行作業。能像這樣透過影片來了解製作過程實在很方便。

「接下來可以請妳攪拌這個嗎？」

「嗯，我知道了。」

「交給妳嘍。」
而且娜娜給我的指示也十分確實。她一邊製作主要的部分，一邊將零碎的部分交給我處理。
娜娜在製作時的表情十分認真，能夠明顯感覺出她真的很在意對方。擁有能讓自己這麼思念的人，是很棒的一件事，讓人有點羨慕。我也能遇見讓自己這麼魂牽夢縈的人嗎……如果能遇見就好了。話說如果遇見了，又會是個什麼樣的人呢？如果是個願意好好關注我的帥哥就好了。我一邊想著這種事，一邊攪拌巧克力。
而說起艾莉姆，她正專心地注視著我們作業的模樣。該怎麼說呢，她看起來十分感興趣的樣子。
「有這麼有趣嗎？」
「是啊。其實我還沒在家政課上做過甜點，這也是我第一次看人做料理喔。」
「啊，印象中好像只做過配菜呢。畢竟一開始連料理實習都沒有。」
……嗯？也就是說家政課是她第一次看人做料理嗎？真不愧是個千金小姐。
「觀摩怎麼樣？有趣嗎？」
「非常有趣呢。那個白色的是什麼？」
「這叫做蛋白霜喔。」

「這就是……」

對於我說的話，艾莉姆驚訝地睜大雙眼。因為沒想到她會這麼驚訝，我也嚇了一跳。

「這就是所謂的蛋白霜嗎？」

「難道妳沒看過嗎？」

「是的。雖然在書上看過這名字，但還是第一次看到實物。」

此時一陣奇怪的聲音傳來。我回頭一看，發現是娜娜嗆到了。由於看起來很難受，我連忙跑了過去。途中她開始笑了起來，看來是艾莉姆說的話戳中了她的笑點。

「這、這種像是江戶時代的人的發言太有趣了。我可是很認真在做耶，所以拜託別逗我笑啦。」

「我又沒打算逗妳笑……話說回來，不覺得說江戶時代有點太超過了嗎？」

「不會喔～或許說江戶時代還太保守了呢？」

「我從來沒有像今天一樣，對不知道蛋白霜的歷史這件事感到如此不甘過。」

「這是什麼意思……？」

跟不上兩人話題的我只好默默地攪拌巧克力。

蛋白霜的歷史是什麼意思啊？果然頭腦好的人，有時會說一些讓人聽不懂的話呢……

「啊，不用再繼續攪拌了喔。給我吧？」

因為娜娜這麼說，我便將盆子交給她。接著她像是在找下一件工作似的看著洗碗槽，裡面放著一些已經用完的器具。

「接下來可以請妳收拾這裡嗎？」

「嗯，我知道了。」

當我在清洗用具的時候，娜娜依然俐落地進行作業。舒芙蕾在不知不覺間被放進烤箱，已經隱隱約約開始散發美味的香氣。

「等一下？這上面寫說做出來立刻享用才好吃耶！」

娜娜將影片畫面推到我面前，上面的確寫著她剛剛提到的話語。

「咦，也就是說只能做給家人吃了吧？」

「沒錯！就是說不能拿來送人！」

「嗯，我想舒芙蕾這類纖細的食物大概都是這種感覺喔？」

「這、這樣啊……」

娜娜似乎沮喪到會對艾莉姆的話照單全收的程度。如果是平時的她，我想一定會立刻做出反駁吧。

「真意外妳在完成之前都沒發現耶。畢竟連影片的資訊欄裡都寫下了註解。」

「真的耶……」

「以妳來說算是很嚴重的失誤呢。」

雖然她對此不發一語，但我很清楚她的臉頰正逐漸變紅，大概是真的覺得很羞恥吧。難得練習製作的甜點，其實是不能拿來送人的東西。就算這件事本身能用裝可愛來一筆勾銷，但在別人面前搞砸依舊不是件好事。如果換作是我陷入同樣的狀況，肯定會和她一樣覺得害羞得要死。

在那之後，娜娜一言不發地癱坐在椅子上，我和艾莉姆也保持沉默。現在隨便說些什麼，應該也只會惹她不開心而已。

不過當四周真的出現美味香氣而不是錯覺的時候，娜娜緩緩站了起來。那搖搖晃晃的模樣讓我不禁開始發抖。要、要是她直接抓狂的話該怎麼辦！

「就當作是我想吃才做的吧。」

可是娜娜比預料中更加冷靜。

「這、這樣就行了嗎？」

「那當然！」

「將錯就錯也該有個限度。」

「我都說可以了，那就是可以啦！都散發感覺很好吃的香氣了，應該是成功了吧。太好了～！」

雖然她臉上滿是笑容，總覺得有些苦澀……不過她大概也不想被同情吧，所以我直接這麼接受了娜娜說的話。

「要趁熱立刻吃掉對吧？」

「沒錯喔。」

「既然如此，就算不必那麼擔心病菌之類的問題也沒關係吧？機會難得，艾莉姆也一起吃吧。」

「咦？不用在意我。倒不如說，努力製作的娜娜肯定不會允許這種事，沒錯吧？」

確實主要製作的人是娜娜。她會不想分給老是和她起衝突的艾莉姆嗎？

「怎、怎麼樣？」

「咦？無所謂吧？」

雖然很不安，但娜娜表示了同意。因為看起來感覺完全沒有在逞強，令我有點意外。

「可以嗎？」

「嗯，畢竟我本來就有這個打算。」

說著，她來到烤箱前面觀察情況。我也跟著過去看了看，看起來膨脹得恰到好處。

「畢竟做了不少，更何況刻意排擠一個人感覺也不太好，妳就吃吧？」

拿出烤箱之後，舒芙蕾散發的香氣變得更加誘人。看起來真好吃！真想快點吃到！

「……真的可以嗎？」

「如果無論如何都不想吃，我不會強迫妳啦。」

「我不客氣了。」

「啊，妳要吃啊？」

「畢竟在眼前散發出這麼香的味道，任誰都會想吃吃看嘛。」

「假如只用看的，對舒芙蕾也很失禮嘛。」

「那是什麼意思？」

「就是字面上的意思啦。」

那些聽不懂的事情暫且不論，用濾網撒上糖粉之後就大功告成了。因為一共烤了六個，每人能分到兩個。

當娜娜擺好盤之後，舒芙蕾看起來變得既漂亮又時尚！

「好厲害！」

「還好啦～！」

如果在一無所知的情況下跟我說這是從某間咖啡廳買來的，我一定會相信吧。這看起來就是這麼時髦。

「我覺得外觀看起來很成功，味道我也能保證。」

「因為是在這種地方做的，應該不能傳到社群網站上，不過會想拍張照片當作紀念呢。畢竟幫了忙嘛。」

「啊，那麼我也久違地來張自拍吧。」

聽到「自拍」這個詞彙，我腦中閃過十分暴露的畫面。她打算在我們面前做嗎！

「別突然在這裡脫衣服喔！要脫請去我們看不到的地方脫！」

「才不是那方面的照片，只是普通的自拍啦。」

「啊，那就好。」

「再怎麼說，我也不會在別人面前做那種事啦。」

「真的嗎？」

「當然是真的啊。聽到這種話，會讓人不想分舒芙蕾給妳耶。」

「就知道妳會這麼說，我已經開始吃了。很好吃喔。」

「……這樣啊。那就算了。」

「咦，原來已經可以吃了嗎？那麼我開動了！」

我用湯匙挖起舒芙蕾放進嘴裡。舒芙蕾進入口中的瞬間就立刻融化，無論口感還是味道都好吃到讓人無法自拔。

「真好吃！」

「我這邊還有多一個，妳要吃嗎？」

「咦？可以嗎？」

這種分量的話，我應該能輕鬆吃掉三個。

「嗯，我吃一個就很夠了。」

「那麼……」

正當我想收下的時候，腦中突然浮現「卡路里」這個詞彙。而且現在是晚上，吃兩個就已經不太妙了，要是吃了三個……體重不就會增加到難以想像的地步嗎……

「……果然還是算了。」

我雖然很煩惱，還是決定拒絕她的好意。在我煩惱的時候聽見無數次「妳就收下吧」這種惡魔的呢喃，實在很難受。

「我幾乎不曾看過有人會露出如此糾結的表情呢……」

「是這樣嗎……」

「妳們兩個有空嗎？」

娜娜的聲音聽起來就和在製作舒芙蕾途中一樣認真。明明早就做完、能鬆一口氣了才對，究竟是怎麼回事呢？

「怎麼了？」

我朝娜娜看去，頓時有種「總覺得和之前不一樣」的感覺，可是無法立刻講出理由。是因為時間已經很晚的緣故嗎？還是地點和以往不同的關係？

「我說啊，妳們現在覺得我的眼睛看起來是什麼樣子？」

因為這句話，我將視線集中在娜娜的眼睛上，接著看到的是——

「心型圖案……」

「消失了呢……」

「果然是這麼回事啊。」

她說這種話的臉上，掛著我們從未見過的開朗笑容。

看來娜娜的症狀似乎也得到解決了。

這下就代表我被獨自丟了下來。好久沒有這種眼前變得一片漆黑的感覺了。

◆少女們的訣別

在為了製作舒芙蕾、晚上前往學校之後的回家路上——

因為眼睛恢復原狀太過興奮的緣故，我不記得收拾到一半之後的事。話說回來，我有好好收拾完畢嗎？另外有沒有把門鎖好啊？要是明天學校有東西被偷了該怎麼辦？雖然覺得艾莉姆有辦法蒙混過去，但我不認為露露有這個本事。一旦被人逼問，她肯定會老實說出自己當時在學校的事。這方面就算事先提醒大概也沒用，完全無能為力。只能期待過去的我有好好鎖門了。假如沒鎖，她們應該會出聲提醒才對，所以我應該鎖了。肯定沒錯。大概吧。

即使心裡非常不安，我的腳步依然輕盈，自然變得輕快起來。

然而這時我突然又不安起來。該不會恢復原狀只是當下暫時產生的奇蹟吧？越想越有種「就是這樣」的感覺。畢竟長久以來一直在自己眼睛裡的東西突然消失不見，光只看一眼沒辦法相信。

我暫時停下腳步，再次朝附在智慧型手機殼上的小鏡子看了看。因為覺得不安，我緩緩將臉固定在鏡子前面。

眼前是我那已不見心型圖案的漆黑瞳孔。

「哇～……！」

不光是那個瞬間而已，是真的恢復原狀了。

剛才因為事發突然，吃驚的成分居多，現在終於能真心感到高興了。雖然嘴角忍不住上揚，但只有今天應該沒關係吧。畢竟四周昏暗，路上行人也很少，應該沒人會注視我的臉。要是有的話，我就去報警。

這下子會傳出奇怪謠言的原因總算消失，接下來只要設法刪除私帳就可以了。之後再努力和學長打成一片，然後總有一天，希望能與學長變成有辦法送他點心當生日禮物的關係。畢竟他說過喜歡舒芙蕾，那麼能送他那個才是最好的。

話雖如此，無論是刪除私帳，還是和學長打成一片都應該不是件容易的事。但是現在既然已經克服症候群，我覺得自己什麼都做得到。因為我能夠克服症候群，一定是自己想稍微主動接近學長的關係。雖然沒有證據，但我想一定是這樣，我有這種直覺。只要我未來更加努力，就一定沒問題。

總而言之，為了將來考量，我希望能重新當個模特兒。畢竟自從眼睛出現心型圖案之後，因為大眾對症候群的印象不佳，導致我無法繼續活動。不過現在我已經治好了，而且我也有身材比之前更好的自信。但光憑這樣想回到崗位應該很難，暫時專心經營社交網站，踏實地增加追蹤人數感覺比較好。

正好最近似乎也出現了新的社交網站。

沒錯。最近大家都一窩蜂地開始改用那個新架設的社交網站，原本在用的網站使用率明顯下降許多，甚至有不少人乾脆刪除帳號。

就算在沒人看的地方上傳照片能滿足自我，想被人承認的慾望也無法得到滿足。

雖然我也想轉移陣地，不過還不太清楚使用方式。而且上傳的不是照片而是短片，對我而言也是一大障礙。畢竟沒怎麼拍過影片，只能暫時觀望了。

即使如此，受到關注對我而言應該也不是件難事。

「因為長得這麼可愛嘛……！」

我再次看著鏡子裡自己的黑色瞳孔。

要是沒有傳出奇怪的謠言，我覺得眼睛浮現心型圖案也很可愛，但果然還是原本的黑色最可愛。

○

我有種不好的預感。

會這樣也沒辦法吧。畢竟我們三個人的關係，就是建立在各自治好症候群的共同利益上。既然已經有兩個人痊癒，那麼就沒有繼續保留這層關係的理由。

究竟什麼時候才會解散呢？還是說會直接放著不管？因為完全不清楚接下來的發展，我只能膽戰心驚地過日子。因為這個緣故，我最近都沒有靠近屋頂，當然，不去屋頂並非是因為我去了會想阻止她們離開，只是單純在逃避而已。

畢竟我無法阻止她們離開。

因為對她們兩人而言，我不是朋友。

一起聊戀愛話題、一起做點心，還聊了許多症候群以外的事……對我來說，她們是我至今從未有過的朋友，但這應該只是我一廂情願吧。真是寂寞。

「小露，妳最近很沒精神耶？是頭昏昏的嗎？」

即使心思都放在這件事上，我依然和平時的成員一起共進午餐。雖然有在進食，但吃不出味道。

「頭昏昏……？」

她大概是想說我頭暈了吧。光是加上疊字就讓人有種輕柔感，感覺變得沒那麼沉重。

或者該說——

「不覺得頭昏昏唸起來很不錯嗎？」

「……的確有點可愛也說不定。」

「我就說吧～」

見我忍不住笑了出來，相澤同學顯得有些開心，隨即又用認真的表情看著我。

「不過，如果真的覺得頭暈，不可以勉強喔。」

「嗯，我知道。」

「如果去屋頂上能恢復精神，我想妳最好跑一趟喔。」

「咦？」

說到屋頂上……

「因為自從妳不去了之後，就明顯變得很沒精神嘛。」

她有些猶豫地說，隨後小聲地補了一句：「雖然翹課實在不太好啦。」

「……從相澤同學看來也是這種感覺嗎？」

雖然我並非是因為去了屋頂就能打起精神，不過與那兩個人聊天會有這種感覺也是事實。沒錯，和她們聊天就是這麼開心。

「嗯。田中同學應該也看得出來喔。對吧？」

我順著她的視線看向田中同學。雖然她一如往常地讀著書，但突然轉頭朝我看來。

「嗯，看得出來。」

「這、這樣啊……」

既然連一點都不感興趣的田中同學都能看得出來，那麼肯定很明顯吧。

「午休時間差不多要結束了。」

田中同學闔上書本這麼說。聽見這句話，相澤同學點了點頭，開始準備返回教室。接著，她向愣在原地的我提問：

「我們要回教室了，露露打算怎麼辦？」

「……怎麼辦呢……」

就算現在跑去屋頂上，她們也未必會在那裡。明明沒有把握，就這樣翹課真的好嗎？不對，下一堂課是數學，如果能翹課我是很想翹掉啦，可是要是聽不懂上課內容也很麻煩。話說回來，每次筆記都被我借來抄，相澤同學肯定也很困擾吧。

「筆記的事不用擔心喔。畢竟我的成績比小露好嘛。」

或許是看穿我的想法，相澤同學說出這樣的話。沒想到她竟然會講出這麼挑釁的發言。我先是感到吃驚，但立刻笑了出來，接著好好地拿起後背包。

「那就拜託妳了！」

並直接背過兩人往屋頂走去。

去見她們兩個好好聊一聊吧——我心中懷抱這種想法。

○

第五堂課的鐘聲「叮咚噹咚」地響了起來。相澤同學和田中同學現在肯定正在認真上課吧……這麼說來，最近上課教的內容滿困難的，我能光靠筆記就看懂嗎？心中稍微有些不安。

「……唉。」

我嘆了口氣。

現在我已經來到屋頂上，卻遲遲無法推開門。之前在電視上看過，像這種如果不開門就無法得知她們兩個在或不在的情況，似乎叫做什麼的貓吧……是什麼啊？

不，叫什麼名字一點都不重要。現在最重要的，是她們兩個在不在，以及如果在的話，我該怎麼開口的事。要說些什麼呢？話說就算和她們搭話，她們會好好回覆我嗎？畢竟我們已經毫無關聯了，所以有可能會被無視？如果是這樣，會很令人難過耶。假如會受到這種對待，不來或許比較好……明明還沒開門，腦中卻充滿討厭的想像。乾脆直接回教室去吧……

叮咚！

當我想著這種事的時候，後背包裡的智慧型手機發出通知音效。咦？原來我沒設定成靜音模式嗎？我連忙從後背包裡拿出智慧型手機，果然沒有設定好。我連忙改變設定並確認是什麼通知，這才發現是來自娜娜的訊息。

『妳打算待在那裡多久啊？』

「咦？」

被看到了……？我意識到這點往門的方向看去，發現能透過窗戶看到屋頂的一部分。

接著我朝那個方向一看，才發現娜娜與艾莉姆也正看著我的方向，而且還對上了視線。

她們兩個都在，而且也有反應。於是我用力推開門。

「妳們是從什麼時候開始看的！」

面對太羞恥而大喊的我，兩人笑了出來。

「從妳來到門前就一直看著喔。因為妳看起來很煩惱，還以為妳不進來了呢。」

「妳為什麼要那麼煩惱呢？」

「問我為什麼……」

這是因為自己理應下定決心來到這裡，卻不知該如何面對她們才好的緣故……對了，我該老實地說出來嗎？就算說了又能怎樣？話說，既然她們這麼會察言觀色，應該全部都知道了才對？假如明知如此還打算讓我說出口，再怎麼說性格也太惡劣了吧？

腦中充斥著各式各樣的話語，不知道該從何開口，這使我變得不發一語，整個屋頂陷入沉默。

可是，既然已經下定了決心，我就必須開口才行。否則我會不清楚自己究竟為何要來到這裡。

「……這個群組已經要解散了嗎？」

我的聲音比預期中小許多，不曉得她們是否有聽到。然而，她們似乎聽見我說的話，帶著某種憐憫的表情看向我。看到她們這種表情，我感覺自己的臉頰變得僵硬，稍微覺得有點可怕。

「……畢竟我們兩個的症候群已經解決了嘛。或許沒有聚在一起的理由了。」

「不過，好歹都讓妳在晚上的學校幫忙做舒芙蕾了……如果妳有事需要幫忙，我們會提供協助？大概是這種感覺。沒錯吧？」

當娜娜尋求同意的瞬間，艾莉姆露出一副「為什麼我也要？」的表情。畢竟我從來沒幫過她，這也是理所當然的吧。可是她立刻恢復原本的表情，說著「是啊」開口同意。

「要是有能幫得上忙的地方，請妳儘管說。而且我和娜娜有時候會來屋頂也說不定，待在一起的時候，我很樂意聽妳發牢騷喔。」

「但光是這樣，我想應該治不好我的症狀……！」

假如光是和之前一樣在屋頂上聊天，肯定沒辦法解決吧。話雖如此，我也想不到該拜託她們什麼。因為不知道該如何是好，使我陷入被逼到窘境的感覺，淚水快要自然而然地滴下來。

「妳、妳幹嘛一副快要哭出來的樣子啊？這不是值得哭的事情吧？對吧？」

「我才沒有快要哭呢……」

「幹嘛在奇怪的地方逞強啊。」

「我才沒有逞強！」

「這不就是在逞強嗎！」

「請冷靜點。」

艾莉姆介入打斷即將起爭執的我們。聽她這麼說，我們也深呼吸了一口氣。鼻子發出吸鼻水的聲音，我毫無疑問正在哭泣。

這種像是只有我一個人被拋下不管的感覺，令我十分害怕。

「結果露露究竟在煩惱些什麼呢？」

艾莉姆語氣平靜地這麼問我。

「那個……」

出現在我腦海中的，是在眼前緩緩落下的排球、因為莫名其妙的症候群突然發作而痛苦不堪的日子、被我推開的由佳臉上的表情，以及必須察言觀色的每一天。

這一切都化作煩惱壓在我渺小的肩膀上。可是，我實在沒把握能好好說明，畢竟我連自己在煩惱「什麼」都不清楚，因此想向人求助也很困難。

我默默地低著頭，看著地上出現的些許淚痕。

「如果不知道這點的話，我們可幫不上忙喔。」

艾莉姆的聲音聽起來有些愧疚。能理解這不是艾莉姆的錯，以及無可奈何地想把過錯歸咎在她身上的兩種想法在我腦中激烈地衝突。

怎麼辦？我實在不知道該如何是好。

「就跟之前說過得一樣，我有個喜歡的人。」

娜娜在混亂不已的我面前開始訴說。我因為不清楚她現今提到這件事的理由而抬起頭來，才發現她手上正拿著手帕，一臉平靜地看著我。由於她用眼神示意要我拿來用，我便老實地用它擦拭淚水。或許有人會覺得我很單純，但我稍微冷靜了下來，並握住手帕看向繼續開口的娜娜。

「我想就是因為自己處心積慮地想讓那個人喜歡上我，才會導致症狀發生。」

「……那妳是怎麼解決的呢？」

「就是產生不是透過暴露身體來吸引目光，而是做舒芙蕾送他這類踏實做法比較重要的想法。」

「那是什麼意思……？」

「抱歉，我也說不清楚。」

娜娜有些困擾地笑著說。

「……話說回來，妳為什麼會想透過暴露身體來吸引注意呢？」

我試著用有些挖苦的感覺詢問，但這是我真正的想法。因為如果是我，一開始就會往製作舒芙蕾的方面去想。

「因為之前的我只想得到這種做法嘛。」

「現在的娜娜也想得到其他方法嗎？」

「當然想得到。我因為和妳們兩個成為共犯，而有所改變了喔。」

娜娜感慨萬千地說，表情看起來也有些滿足。

「艾莉姆呢？」

艾莉姆因為話題突然轉向她而瞪大雙眼，但她很快也露出與娜娜同樣的表情開口說：
「我想是有所改變了喔。換作是之前的我，應該不會說出願意幫忙這種話。」
「也是呢～」
經她這麼一說，或許真的是這樣。雖然這是一段由「共犯」這個冰冷詞彙開始的關係，卻在不知不覺間產生些許溫度吧。
「所以啊，我覺得不用這麼著急喔。雖然覺得妳的症狀比我們嚴重得多，不過與人接觸的頻率並沒有那麼高不是嗎？幹嘛？妳想去抱人嗎？」
「才、才不是那樣……」
我避開嘴上說著「要抱我嗎？」並朝我逼近的娜娜。受到因為這副光景而笑出聲的艾莉姆影響，我也笑了出來。或許是因此鬆了口氣，娜娜也露出笑容。
「總之，就先從做些平時不會做的小事開始吧。」
「舉例來說？」
「試著好好用功到成績排進前列怎麼樣？像是把讓名字出現在公布欄上當成最終目標之類的。」
「難、難度好高。」
「就說這不算小事了。舉例的話……像是剪頭髮之類的？」

「妳不覺得這也不算小事嗎？既然會留得那麼長，或許有什麼堅持。我想應該不能隨便剪掉。」

「這只是舉例嘛～」

她們一邊像這樣互相討論，一邊逐一向我提出建議。不過，我心中覺得剪頭髮是最適合我的。正如艾莉姆所說，我並非對此沒有任何想法；可是，我倒也不是那麼執著。最重要的是，我認為這是非常適合轉換心情的行為。

「嗯，我會試著去剪頭髮看看喔。」

正因為如此，我這麼對兩人宣言。接著她們同時轉過頭來，驚訝地瞪大眼睛。

「我、我不是在強迫妳喔？」

「這我當然知道。」

「妳不會後悔嗎？」

「不會。因為是自己的選擇嘛。」

這是我自己下的決定。就算感到後悔，我也不會怪她們。

「請好好期待改頭換面的我吧。」

為了讓一臉不安看著我的兩人放下心來，我大大地笑了笑。或許她們因此明白我是自願的，也紛紛露出笑容。

「要是能遇到好的理髮師就好了呢。」

「就是說啊。」

◆尾聲

我一大早就來到學校。

雖然這麼說，但只是以我為基準的一大早，因此各個社團都結束早上的練習，紛紛換好衣服、收拾好器具準備回到教室。

不過，這對於總是在班會敬禮前才趕到教室的我而言，已經算非常早了。

因為我沒心情進教室，因此這麼早來到學校的我正待在屋頂上。而且要是往教室走，說不定會遇到艾莉姆。現在還不能和她見面，需要做些心理準備。

我做了個深呼吸。

早晨的冷風拂過我變得清爽的頸項，稍微有些寒冷。

我注視著剪完頭髮之後，請理髮師幫我拍攝的照片裡的自己。之前的我大概是因為頭髮很長，外表才符合年齡吧。變成短髮的我看起來十分幼稚。與其說是高中生，看起來更像是個國中生。不過，感覺比想像中好多了。覺得就算不經過後製也挺好看的我，會不會太過自大了呢？

「……好！」
做好心理準備之後，我朝智慧型手機畫面按了一下。
『照片上傳完畢。』
上傳的地方是和兩位共犯聊天的畫面。雖然想在剪完頭髮之後立刻傳過去，不過直到剛才都沒做好心理準備，來到這裡才好不容易下定決心傳了出去。
「她們會做出什麼反應呢？」
要是能稍微嚇到她們就好了。搞不好會沒什麼興趣也說不定，即使如此我也覺得很滿足……我或許還是希望她們能多少有點想法。要是能因為太過吃驚而跑來找我的話，我會很開心。
如果真的發生這種事，我應該會嘗試說出自己至今遇到的事。畢竟要告訴其他人，就必須先在自己心裡整理好才行。昨天我懷著這種想法試著回顧以前的事，沒想到竟然忘了一些細節。那些事正逐漸化為過去，會這樣或許也是理所當然的。再這樣下去，比起加以克服，我心中討厭的部分或許會先一步逐漸減少，最終變得無所謂也說不定。人只要活在世上，每天都會有許多討厭的事從天而降呢。該說不能老是拘泥於過去嗎？畢竟昨天的小考也考得很差勁呢。
話雖如此，儘管很期待兩人出現，但今天該不會是她們好好上課的日子吧？不過只要她們肯留個訊息，我就很開心了。

「啊……」

我忘了自己頭髮剪短的事，無意間又做出撥弄眼前頭髮的動作。我還不習慣自己自小學以來從沒這麼短的頭髮，一不小心還會產生「覺得礙事，想撥弄頭髮，甚至還會想綁起來」的念頭。但只要慢慢習慣就行了吧。

不過心情果然變得輕鬆許多。不知道是不是這個緣故，自從請理髮師把頭髮剪短之後，我的身體就從未感到不適。

抱著或許已經痊癒的想法，回家後試著觸碰媽媽，結果還有點疼痛，所以大概還沒有治好吧。即使如此，也有種疼痛感沒那麼強烈的感覺。只要逐漸改善，總有一天或許就能痊癒。

正當我思考這些事情的時候，早上班會的鐘聲響起。換作平時我應該開始緊張了，但今天沒有那個必要。

現在級任老師正在詢問有沒有人看到我也說不定。相澤同學或是座位號碼與我接近的人，或許正對我的鞋子明明放在鞋櫃裡，卻不見人影的事感到奇怪。想到這裡，總覺得稍微有點有趣。明明已經來學校了，卻被當作還沒出席。雖然這不是件該笑的事，我卻不自覺地笑了出來。

話說，我好像翹課到家長差不多要被找來學校約談，讓我被罵一頓的程度。雖然曾經聽相澤同學提過，但那是真的嗎？如果是的話，娜娜感覺會經常遇到耶？要是有問清楚就好了。或許只是謠言，實際上根本沒那回事，但也有可能只是我不知道，實際上娜娜經常被約談也說不定。

「監護人被叫來學校約談的娜娜，光是想像就覺得很遜耶。」

我將她本人不在場當作藉口，大聲笑出來。艾莉姆也一樣，如果父母被找來會很遜吧。要是發現這件事，我或許會對她們的幻想破滅。那樣還真討厭，希望永遠不知道。

無論如何，這種事只有今天才能做。

假如被父母知道，我一定會被扣零用錢，搞不好還會被迫去上補習班也說不定。光是應付學校的作業就已經沒什麼自由時間了，要是再繼續減少就什麼事也沒辦法做了。唯獨這件事一定要避免。

不過，今天的第一堂課還是翹掉吧。

好好放鬆自己的身體和心靈。這裡沒有其他人在，不必擔心身體會不舒服。因為我帶了地墊，也能在上面滾來滾去。昨天睡不太著，或許會睡著也說不定。那樣一來總覺得會連第二堂課也一起睡掉，必須設定好在第一堂課結束時響起的鬧鐘才行。

雖說只有今天，但思考著這種事的我明顯是個壞孩子。

「不乖！」

我用響徹屋頂的聲音，這麼說給自己聽。

後記

初次見面的讀者初次見面。
好久不見的讀者也好久不見。我是城崎。
這次非常感謝各位閱讀《VENOM 求愛性少女症候群》。接下來才準備要看的讀者也請多多指教。
因為我是從後記開始閱讀的人，那麼就為了和我一樣的讀者，寫篇不會破梗的後記。
當我聽到責任編輯說出「我正在構思以歌曲當題材的輕小說企畫」的時候，還抱持著「真有趣，究竟會由哪位作家執筆呢？」的期待，沒想到竟然會由自己來撰寫。雖然覺得實在感激不盡，同時也有種不可思議的心情。會有這種想法，是因為我從一開始就很喜歡かいりきベア老師以〈VENOM〉為首的歌曲，也一直都有在聽，因此覺得自己能夠以這種形式與喜歡的事物產生關聯有點超乎現實。總有種會以第三人稱視角從旁感到佩服的感覺，不像是自己做的事。但因為留有努力撰寫本文的記憶，我想應該是自己寫的沒錯。
無論如何，我發自內心感謝自己能得到這份幸運，實在非常感謝。

那麼接下來是謝詞。

責任編輯M，總是一直受到您的關照。這次也因為完稿速度緩慢等因素，給您添了麻煩，真的非常抱歉。我今後會更加努力精進。

接著是讓我有機會把歌曲寫成小說的かいりきベア老師。我有好好表現出かいりきベア老師所描繪的時下少女嗎？如果有的話，我會很高興。

繪製插畫的のう老師，看到插畫時我實在對每個角色身上服裝的合適感與時尚程度大吃一驚，真是棒極了。

然後，我想向與這本書相關的所有人士，以及願意拿起這本書的你獻上感謝。真的非常謝謝！

那麼，如果有機會的話就再見嘍。

西野~校內地位最底層的異能世界最強少年~ 1~3 待續

Kadokawa Fantastic Novels

作者：ぶんころり　插畫：またのんき▼

榮獲「這本輕小說真厲害2019」第6名！
凡庸臉與金髮蘿莉於異國之地遇上新的對手!?

校慶結束後，西野接下拍檔馬奇斯的委託前往海外出任務。與此同時，二年A班的同學們也策劃了飛往外國的畢業旅行，一行人碰巧於異國之地重逢。西野與蘿絲的關係出現一大進展的海外旅行篇，TAKE OFF！

各 **NT$200~250/HK$67~83**

自稱F級的哥哥似乎要稱霸以遊戲分級的學園？ 1~5 待續

Kadokawa Fantastic Novels

作者：三河ごーすと　插畫：ねこめたる

「最弱」與「最強」交錯之時，故事將發展出全新局面——！

暑假前的某天，理事長邀請學生們前往獅子王休閒樂園度假，那卻是「獸王遊戲祭」參賽代表選拔戰開始的信號。可憐與桃花把握機會努力鍛鍊，外國刺客卻在背後悄悄行動……紅蓮將再次證明他是貨真價實的最強玩家——！

各 **NT$200~240/HK$67~80**

在流星雨中逝去的妳 1~5 待續

Kadokawa Fantastic Novels

作者：松山剛　插畫：珈琲貴族

「夢想」與「太空」的感人巨作，
迎來最高潮的第五集！

平野大地回到高中時代。神祕學妹「犂紫苑」出現，說了「我就是蓋尼米德」告知自己的真面目……與幕後黑手「蓋尼米德」的對決、伊緒的失蹤、潛入Dark Web、黑市拍賣、有不死之身的外星生命、手臂上出現的神祕文字、來自過去的可怕反撲——

各 **NT$250/HK$83**

異世界拷問姬 1~7 待續

作者：綾里惠史　插畫：鵜飼沙樹

Kadokawa Fantastic Novels

就算某人的故事結束，也還是會有後續——
最高峰的異世界黑暗奇幻故事第七彈！

在應該跨越了終焉的世界裡，毫無前兆地出現了來自異世界的【轉生者】，還自稱是【異世界拷問姬】的禁斷存在：愛麗絲·卡羅。她跟【父親大人】路易斯一同將嚴苛的選擇擺到了伊莉莎白面前——新的舞臺就這樣開幕了，不論演員們是否如此期望。

各 NT$200/HK$60~67

廢柴勇者下剋上 1~2 待續

Kadokawa Fantastic Novels

作者：藤川恵蔵　插畫：ぐれーともす

如果不賭上小命去尋找神劍，
這個世界就要毀滅了嗎——？

庫洛順利地把只有勇者才能使用的神劍——聖光劍王者之劍交到勇者的手中。然而，他卻得知神劍的姊妹劍（共計十二把）有超過半數皆下落不明。於是他在聖光劍精靈荷莉的引領（實為威脅）下，開始找尋剩下的神劍……

各 **NT$220/HK$68~73**

為何我的世界被遺忘了？ 1~5 待續

Kadokawa Fantastic Novels

作者：細音 啓　插畫：neco

前往無人所知的世界——
「後續」最令人在意的奇幻巨作第五彈！

凱伊等人為了再度阻止拉蘇耶的企圖，連休息的時間都沒有就開始行動。這時前來與他們接觸的，是惡魔族的第二把交椅海茵瑪莉露。其他種族紛紛團結起來，以阻止失控的幻獸族，在這個過程中，不同於少年所知的正史的另一個世界的真相逐漸揭曉！

各 **NT$200~220/HK$65~73**

小惡魔學妹纏上了被女友劈腿的我 1~3 待續

Kadokawa Fantastic Novels

作者：御宮ゆう　插畫：えーる

第四屆KAKUYOMU戀愛喜劇類「特別賞」作品！
有點成熟的青春戀愛喜劇，留戀與決心的第三集！

升上大學三年級，我跟真由修了同一堂課，彩華也邀請我去參加同好會的新生歡迎會，過著熱鬧的新學期。然而，在我腦中閃過的還是前女友禮奈說的話：「我並沒有劈腿。」當我回想起與她交往時的記憶，以及決定分手的那個光景時，重逢的時刻到來……

各 **NT$220/HK$73**

除了我之外，你不准和別人上演愛情喜劇 1 待續

Kadokawa Fantastic Novels

作者：羽場楽人　插畫：イコモチ

戀愛不公開真的OK嗎!?
從情人關係開始的愛情喜劇衝擊性登場!!

不懼對方冷淡的態度持續追求一年後，我終於博得心上人的青睞。她性格好強，戀愛防禦力居然是零，我想曬恩愛的欲求達到了極限！可是，她卻禁止我在眾人面前跟她卿卿我我？而且私底下兩情相悅的我倆，卻出現了情敵……？

NT$200/HK$67

打工吧★魔王大人
21
和ヶ原聡司
插畫■029
Satoshi Wagahara
Illustration■Oniku
Kadokawa Fantastic Novels

奇諾の旅 Ⅰ~XXIII 待續

Kadokawa Fantastic Novels

作者：時雨沢惠一　插畫：黑星紅白

那國家有口大箱子，許多國民在裡面沉眠!?
銷售高達820萬本的輕小說界不朽名作！

「妳說那只箱子嗎？那是守護我們永遠生命的東西啊！」看似不到二十歲的入境審查官對奇諾如此說明：「在那裡，有許多國民們沉眠著！」「沉眠著……？」奇諾將頭歪向一邊表達不解。「那裡可不是墓地喔！大家都還活著！只不過——」

各 **NT$180~260/HK$50~78**

戰鬥員派遣中！ 1~6 待續

Kadokawa **Fantastic** Novels

作者：暁なつめ　插畫：カカオ・ランタン

異世界侵略喜劇進入全新篇章！
愛麗絲和六號要踏上嶄新冒險旅程!?

魔王杜瑟轟轟烈烈地自爆後，總算成功制伏了同業競爭者魔王軍的六號變得閒閒沒事做。就在這時，鄰國托利斯居然滅亡了!?愛麗絲立刻著手調查，疑似神祕勢力的暗影也若隱若現！未知星球上的占地對決即將白熱化——

各 **NT$200~250/HK$67~83**

國家圖書館出版品預行編目資料

VENOM求愛性少女症候群/城崎作；かいりきベア原作；九十九夜譯. -- 初版. -- 臺北市：臺灣角川股份有限公司, 2022.04-
冊；　公分. -- (Kadokawa fantastic novels)

譯自：ベノム：求愛性少女症候群
ISBN 978-626-321-352-4(第1冊：平裝)

861.57　　111001908

Kadokawa
Fantastic
Novels

VENOM 求愛性少女症候群 1

（原著名：ベノム 求愛性少女症候群）

2022年4月27日 初版第1刷發行
2023年6月7日 初版第2刷發行

作者：城崎
插畫：のう
原作／監修：かいりきベア
譯者：九十九夜
發行人：岩崎剛人
總編輯：蔡佩芬
編輯：彭曉凡
美術設計：吳佳昫
印務：李明修（主任）、張加恩（主任）、張凱棋
發行所：台灣角川股份有限公司
地址：104台北市中山區松江路223號3樓
電話：（02）2515-3000
傳真：（02）2515-0033
網址：www.kadokawa.com.tw
劃撥帳戶：台灣角川股份有限公司
劃撥帳號：19487412
法律顧問：有澤法律事務所
製版：尚騰印刷事業有限公司
ISBN：978-626-321-352-4
